Les aventures extraordinaires de Ravinger & Ward

LA GRENOUILLE FRILEUSE

Illustration de couverture : Nancy Peña
Beta lecture : Syndrôme Quickson

© Céline Badaroux, 2023
ISBN : 978-2-9573279-5-9

www.celinebadaroux.fr

Conforme à la loi n°49-956 du 16 juillet 1949
sur les publications destinées à la jeunesse.

Dépôt légal : première édition - juin 2023

Les aventures extraordinaires de Ravinger & Ward

LA GRENOUILLE FRILEUSE

Céline Badaroux

Aie confiance

— Ne sortez pas encore du cercle, Votre Majesté.

Un flash bleuté emplit la pièce et disparut aussitôt, plongeant la reine des fées et son grand conseiller dans le noir. Un petit sifflement s'éleva, accompagné d'un vrombissement, puis le silence. Seule la lueur des luminorbes violacés tremblotait contre les murs de pierre et entre les statuettes aux crocs démesurés, projetant leur lumière hésitante sur la peau blanche mouchetée de noir de la reine, la faisant onduler dans la pénombre tel un spectre aux nuances de mauves.

— Ratz Itzmin, mon ami. Quelque chose m'inquiète, murmura la reine d'une voix grave.

Elle se tenait toujours au centre du cercle de rituel, ses mains d'un noir de jais se confondant avec les flots de sa robe vaporeuse. Elle semblait flotter légèrement au-dessus du sol.

— Votre majesté, je ne faillirai pas, je vous le promets, répondit le léopard dans sa grande robe rouge.

La reine ouvrit ses grands yeux lavande et glissa gracieusement au-dessus des lignes tracées au sol et des multiples signes complexes qui couraient sur le bois de la salle de rituel privée de son grand conseiller et magicien.

Ratz Itzmin ralluma les luminorbes blancs d'un geste de la main pour percevoir l'ombre de la reine franchir la porte de ses appartements et disparaître dans les escaliers. Il frotta les poils de son menton et se lissa les moustaches. Les heures à venir allaient être déterminantes.

Il effaça le cercle de rituel de quelques mots murmurés dans sa barbichette et traversa la grande pièce ronde pour se placer devant son miroir d'obsidienne plus haut que lui, dans lequel se reflétaient les centaines de luminorbes flottants le long des murs. Leur danse faisait chatoyer les rideaux de perles de jade suspendus ici et là entre les statues aux yeux écarquillés et aux sourires inquiétants.

— Guiltiztacoatl ! lança Ratz Itzmin en levant les bras.

Il y eut un silence puis le miroir vibra et des arabesques de brume ondulèrent à sa surface, s'enroulant et se déroulant en motifs complexes que le léopard fixait avec attention. Puis, tout se brouilla dans un tourbillon et les volutes de fumée disparurent dans un grondement sourd.

— Cela ne me dit rien qui vaille, marmonna Ratz Itzmin pour lui-même.

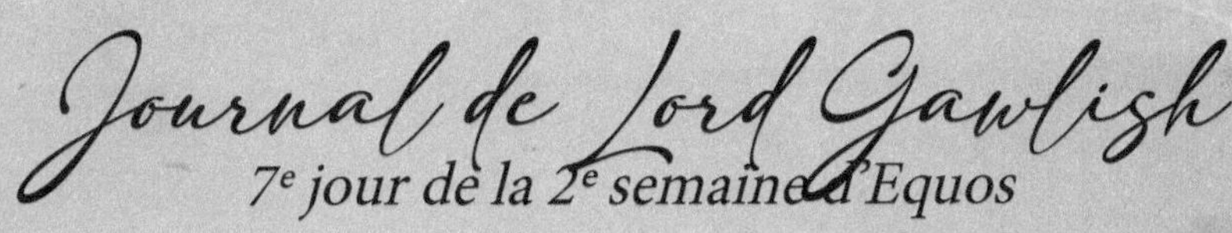

Je n'en reviens pas que le conseil ait pris pareille décision !

Et encore moins qu'il trouve pertinent de laisser une telle responsabilité entre les mains d'un incompétent. Wilson est juste un carlin[1] imbu de sa personne, et je doute qu'il soit capable de tenir en laisse un individu de cette envergure. Je continue à dire qu'il faut se débarrasser de cette engeance et la tenir loin de Sa Majesté. Qui sait ce qui pourrait arriver avec un tel individu dans les parages ? La dernière fois qu'il s'est infiltré dans nos murs, ça ne nous a posé que des problèmes, je ne vois pas quel intérêt nous aurions à l'accueillir. Tout cela n'augure rien de bon et je suis persuadé que nous allons au-devant de graves problèmes. Comment pourrait-il seulement en être autrement ? Je commence sérieusement à douter de l'efficacité de ce Conseil de vieux dégénérés.

Par Elrond ! Quelle vaste blague… J'espère pouvoir en rire un jour.

---

1 : Race de chien originaire de chine. Tout petit, le poil ras et beige et presque noir sur les oreilles, autour des yeux et du museau. Il a la peau toute plissée sur le visage ce qui lui donne souvent un air boudeur ou inquiet.

Nous avons rendez-vous

Ian Ravinger ne décolérait pas. Ses moustaches frétillaient au rythme de ses ronchonnades et il ne se tut qu'après avoir gravi les marches du perron de l'entrée majestueuse du palais de Sa Majesté des fées. Le blaireau se tourna vers son acolyte renard pour répéter la même question :

— Vous n'y croyez pas vraiment, mon ami, n'est-ce pas ?

Ward leva un sourcil, s'arrêta en haut du perron et se retourna vers son camarade et colocataire en lissant sa fourrure rousse.

— Je suis jeune, mais pas stupide. Je ne vais pas soudainement donner du crédit à un maître gredin du genre de Nyx, aussi intelligent soit-il. Mais admettez que c'est une éventualité qu'on ne peut pas ignorer. Vous et moi savons que la reine n'a pas besoin de lui comme messager. Toutefois, si ce qu'il dit est vrai… Ma seule interprétation possible de cette missive est que la reine soit en danger. Et si la reine est en danger, il serait criminel de notre part de ne rien tenter pour la sauver. Ce serait même pire que ça. Vous êtes d'accord, n'est-ce pas ? demanda Digby Ward sur le ton le plus calme qu'il ait en rayon.

Ian Ravinger, qui était bien plus vieux, avait passé l'âge de se faire sermonner, mais savait fort bien que cet adolescent-là n'était pas comme les autres. Et ses capacités à démêler les énigmes les plus embrouillées l'avaient prouvé. Il avait d'ailleurs le plus grand respect pour son ami, aussi jeune soit-il. Le blaireau remua son museau noir, fronça les sourcils et s'engonça dans son manteau.

— Vous avez raison. Je sais que vous avez raison, et vous savez que je sais et ainsi de suite. Il n'empêche que j'entretiens une considérable inimitié à l'égard de cette…. de ce… je n'ose même pas le dire, tellement c'est vulgaire, conclut-il sur un ton particulièrement agacé. Il n'a rien à faire ici de toute façon. Il aurait dû rester en prison !

— Ça, je ne vais pas vous dire le contraire, mais les services secrets de Sa Majesté en ont décidé autrement. Et pour l'instant, ils ont au moins réussi à le garder enfermé. C'est déjà ça.

— Ce qui ne l'empêche pas d'envoyer des missives pour vous faire venir sous un prétexte plus que discutable ! Prétendre que la reine le missionne est outrageant ! Et se cacher derrière cette « requête spéciale » pour… potentiellement la mettre en danger… C'est bien plus qu'outrageant. C'est infamant et obscène. C'est… C'est ignominifiant !

— Encore plus si c'est vrai, mon ami, vous ne croyez pas ? demanda Ward.

Cette ultime question réduisit Ravinger au silence et ils franchirent les dernières marches jusqu'à parvenir enfin devant la grande porte du palais.

— Sirs Ravinger et Ward ! lança le garde à l'entrée avec une surprise non dissimulée. Votre arrivée ne nous a pas été annoncée.

— Eh bien veuillez le faire, mon cher, répondit Ravinger.

— Euh, je, c'est-à-dire… bredouilla le furet sous son casque de fourrure noire qui faisait bien sa taille.

— Qu'y a-t-il ? demanda Ward.

— Eh bien, il m'a semblé que… vous voyez…

Le furet continuait de bafouiller en lançant des regards paniqués à droite et à gauche cherchant désespérément une aide qui ne venait pas. Il était toujours seul à la porte et devait prendre une décision qu'il n'était pas censé prendre. Et les problèmes commençaient toujours comme ça. Il n'était pas à ce poste pour avoir des responsabilités, ou en tous cas, juste celle d'ouvrir la porte. Oui, voilà. Ouvrir la porte. C'était ça son travail. Alors, il ouvrit la porte.

— Euh… non rien, sir ! Soyez les bienvenus, sirs ! déclama le furet en se mettant au garde à vous.

Ravinger et Ward passèrent devant lui en se jetant un regard interrogateur et entrèrent dans le hall principal du palais. La porte se referma derrière eux dans un bruit qui rebondit sur les murs et le plafond pour leur revenir en pleine face.

— Quel accueil, marmonna Ravinger.

Le temps de faire quelques pas et les luminorbes du grand hall s'allumèrent en cascade, créant un effet de flash et d'apparition de fête. La lumière se reflétait en scintillant sur les rampes astiquées du double escalier qui faisait face à l'entrée et sur lequel se déroulait un large tapis rouge, épais et moelleux, qui absorbait le moindre bruit de pas. Ravinger fixa à nouveau Ward avec un regard curieux.

— Pourquoi était-ce éteint ? demanda le blaireau.
Ward fronça les sourcils.
— Bonne question, répondit Ward en balayant lentement le tapis de sa queue rousse et blanche. Et où sont les gardes de l'entrée ?
En effet, se dit Ravinger en embrassant toute l'entrée du regard, le lieu était désert. À part Ward et lui, il n'y avait personne.
— Pensez-vous que la reine soit partie à Parrymore ? Elle ne s'est pas rendue en Alscottia depuis longtemps.
— Non, répondit Ward sans hésiter. Le drapeau est haut. La reine est dans les murs.
— Ça pourrait être une feinte.
— Et aller à l'encontre de la tradition ET du protocole ? Je crois que Lord Gawlish préférerait s'arrondir les oreilles.
En pensant à cet insupportable elfe, Ravinger laissa échapper un rire qui résonna dans le couloir vide. Un bruit de pas pressés suivit.
— Sirs, soyez-les bienvenus, hum… nous, euh… déclara le majordome avec hésitation. Nous n'avions pas prévu votre arrivée, veuillez nous excuser, conclut le hamster en faisant des courbettes.
— Tout va bien ? demanda Ravinger.
— Oh ! Oui, évidemment my lord, tout à fait. Que puis-je faire pour vous ?
Ward leva un sourcil.
— Nous avons un rendez-vous, un peu impromptu, certes, mais l'appel qui nous est parvenu est urgent.
— Oh ? Bien sûr, bien sûr, je comprends ! répondit le hamster en lissant sa tunique noire aux armoiries du royaume. À qui dois-je vous annoncer, messieurs ?

— Au docteur Nyx, lança Ward.

Le majordome blêmit et chancela, mais se reprit très vite. Personne, jamais, ne devait montrer un quelconque signe de panique au palais. Encore moi lui, qui se devait de donner l'exemple aux autres employés.

— Je vois, ces messieurs sont là pour affaires.

— Exactement, lança Ward.

— Dans ce cas, veuillez me suivre. Mais je dois vous prévenir que votre rendez-vous ne pourra sans doute durer très longtemps. Une grande partie du personnel est en congé et nous n'avions pas prévu de gérer des invités. Moi-même, je vais devoir me retirer dès que je vous aurai conduit aux appartements en question.

Ravinger et Ward hochèrent la tête en silence et suivirent le hamster dans les escaliers recouverts de tapis rouge pour parcourir ensuite des couloirs privés qu'aucun d'eux n'aurait pensé fouler un jour. La pierre blanche polie reflétait les luminorbes qui flottaient çà et là, le long des murs entre les différents tableaux, d'une facture assez classique, qui dépeignaient les divers paysages du royaume : des plaines du Middleset aux lacs des Highmoors. Il y avait même une superbe représentation du château de Casperville. La lande y était toujours aussi inquiétante… Un frisson parcourut Ravinger. Soudainement le hamster s'arrêta en plein milieu du couloir et le blaireau faillit le percuter.

— Vous m'excuserez, mais je ne suis pas censé vous accompagner plus loin, déclara-t-il avec une courbette. Veuillez continuer et prendre la deuxième porte sur votre droite.

Sur ce, il les salua à nouveau, fit demi-tour et repartit par où ils étaient venus. Ravinger observa le couloir sans rien lui trouver de particulier et remarqua que Ward n'avait pas fait de manières et s'était avancé pour atteindre la porte en question. Ravinger le rattrapa en jetant des regards inquiets à droite et à gauche.

— Ne devrait-il pas y avoir des… je ne sais pas des systèmes de sécurité mis en place afin de contenir ce dangereux individu dans ses quartiers ? demanda le blaireau en chuchotant.

Ward appuya sur la poignée sans frapper et poussa la porte. Deux gardes en costumes noirs et lunettes fumées les accueillirent dans une antichambre noire dont le sol était éclairé par un cercle magique qui scintillait légèrement d'une lumière bleue.

— Vous disiez? demanda Ward en lançant un regard amusé à Ravinger.

Le blaireau lui lança un regard désabusé. Un des deux gardes en noir, un lézard, s'avança vers eux.

— J'aurais dû croire ce filou de Nyx quand il nous a annoncé qu'il aurait de la visite, lança-t-il. Soyez-les bienvenus. Nous n'avons pas beaucoup de visiteurs. Veuillez noter vos noms et signer sur le registre d'entrée, s'il vous plaît, dit-il en montrant un recueil de la main.

Ward s'avança vers le grand livre encastré dans le mur.

— Notez la date, l'heure, votre nom et déposez une empreinte de votre patte dans la case associée, ajouta le lézard.

Ward attrapa la plume plongée dans un encrier à côté du livre et le liquide scintillait de cette lumière bleutée qui enveloppait toute la pièce.

— Simple mesure de sécurité, lança le garde en le voyant hésiter.

— Compréhensible, répondit Ward.

Il remplit les cases, apposa sa signature, puis chercha un encrier pour laisser son empreinte.

— Posez simplement votre patte sur la case prévue, expliqua le garde.

Ward s'exécuta et l'empreinte apparut dès qu'il eut levé sa patte du papier, luisant de bleu.

Passionifiant. Ravinger lança un regard de méfiance, mais se plia à la procédure.

— Merci, déclara le lézard. Vos identités sont désormais enregistrées dans le système de sécurité du palais. Si une alerte est déclenchée, vos auras seront détectées immédiatement par nos services. Mais n'ayez aucune inquiétude, ce dispositif sera désactivé quand votre sortie sera validée par l'autre équipe de sécurité.

— L'autre équipe? demanda Ravinger. ... Comment ça « ne vous inquiétez pas » ?

— Vous ne repassez pas par cette antichambre, expliqua le lézard. Le sens de circulation est à sens unique. Sécurité.

— Bien sûr, répondit le blaireau.

Mais il ne se sentait pas rassuré pour autant.

— Des objets magiques ? demanda le caniche au costume noir qui n'avait rien dit jusque-là.

Ward et Ravinger secouèrent la tête.

— Des systèmes de protection portatifs ?

— Non, répliquèrent le renard et le blaireau.

— Bien. Veuillez vider vos poches dans cette boîte et passer sous le portique.

— Mes poches sont vides, déclara Ward en passant sous le portique.

Ravinger farfouilla ses poches et en sortit quelques pièces, un emballage de gâteau de la pâtisserie « La brioche » et un stylo. Il déposa tout dans la boîte et passa à son tour vers le portique. Le caniche étudia ses maigres possessions, observa le stylo, puis fit glisser la boîte dans sa direction.

— Vous pouvez récupérer vos affaires, déclara-t-il.

— Merci, répondit Ravinger en remplissant à nouveau ses poches.

— Placez-vous sur le tapis pneumatique, dit le caniche.

Ward et Ravinger s'exécutèrent. Il y eut un « tschhhh » et les portes s'ouvrirent en coulissant, inondant la pièce de lumière.

— Ah ! Mes amis ! fit la voix de Nyx.

Entre amis

Ward fronça le museau.

— N'exagérez pas, lança le renard.

Nyx s'adossa dans son grand fauteuil avec un sourire. Il lissa une de ses grandes oreilles rondes et son museau frétilla d'amusement. Le chinchilla gris n'avait rien perdu de sa superbe et paraissait se sentir aussi à l'aise dans cet appartement, qu'il l'était chez lui lors de sa première rencontre avec le jeune détective.

Ravinger en étouffait de colère. Cet ignoble faquin, ce vil personnage, ce voleur, ce kidnappeur, cet assassin… se prélassait dans un logement du palais royal avec tout le confort imaginable. *Comment était-ce seulement possible ?* Non, pour le blaireau, la pilule ne passait pas. Se trouver face à ce démon au poil argenté faisait tout remonter à la surface : le meurtre d'une licorne, un professeur d'objetologie émérite, pour… un vulgaire caillou ! Le kidnapping d'une sirène… Et allez savoir ce qu'il avait encore inventé d'autre. Si c'était une énième tentative de tuer Ward… Ravinger en frémit et un frisson d'angoisse le parcourut de la nuque jusqu'au bout de sa queue noire et blanche.

Depuis leur dernière visite, il avait déballé ses cartons, qu'il avait sûrement dû remballer au moins une fois, car il n'était pas dans cette aile du palais. Ward avait certainement raison… Il y avait bel et bien des mesures de sécurité. Le changer de place régulièrement en faisait sans doute partie. Cela devait nécessiter une débauche de fonds et d'énergie considérables si l'antichambre qu'ils venaient de traverser était transférée elle aussi.

— Vous admirez ma bibliothèque, monsieur Ravinger ! Malheureusement, mes plus belles pièces m'ont été saisies. Un malentendu sur la provenance… Mais rien qui ne puisse être réglé, déclara Nyx.

Le blaireau préféra ne pas répondre. Et sans doute que Ward l'en remercia intérieurement.

— Trêve de badinage, docteur, dit Ward en s'asseyant. Vous nous avez fait venir pour un motif extrêmement sérieux. Vous saviez que nous viendrions toutes affaires cessantes quand vous avez évoqué Sa Majesté. Maintenant, je souhaiterais que vous vous expliquiez, déclara-t-il en sortant le câblogramme reçu quelques heures plus tôt.

Félicitations / STOP/ Encore un mystère de résolu / STOP / La Reine m'adresse à vous pour requête spéciale / STOP / Êtes attendus au plus vite / STOP / Quelle joie de travailler enfin avec vous / STOP / Nyx.

— Et soyez sûr que Lord Gawlish entendra parler de ça, ajouta le renard en secouant le bout de papier. Vous n'êtes pas censé pouvoir communiquer avec l'extérieur… Mais je ne suis pas vraiment surpris que vous n'ayez que faire de ce détail. Ni même que vous ayez trouvé le moyen de le faire.

— Un détail, absolument, répliqua Nyx en se frottant une bas-joue. Je n'aurai pas dit mieux moi-même. Qui se soucie de mon courrier personnel quand la reine est concernée ? Je savais que vous ne failliriez pas. D'accord, d'accord ! Ce n'est pas la Reine elle-même qui me mandate, mais quand vous saurez de quoi il retourne… J'ai acquis la certitude que le trône était menacé.

— Par vous sans doute, lança Ravinger en s'asseyant à son tour.

Mais Nyx l'ignora et enchaîna :

— Ici, personne ne m'écoute. Pire que cela. Le danger vient d'ici… Pas de moi, comme vous aimez à le dire ! Mais bien de l'intérieur de ces murs. Il rôde dans les couloirs et les pires complots sont ourdis dans le cercle le plus intime de Sa Majesté.

Ward soupira.

— Par pitié, évitez de me servir un complot. S'il y en a un, c'est vous qui en êtes l'instigateur, et personne d'autre, répondit le renard.

Ravinger appuya ces mots par un rictus qui soulignait, pour lui, une évidence limpide. Nyx ferma les yeux et prit une inspiration avec une expression peinée extrêmement exagérée, mais ne s'en défendit pas.

— Croyez ce que vous voulez à mon sujet, mais il faudra bien vous rendre à l'évidence. Voilà des mois qu'elle ne prête plus l'oreille au conseil, et que dans son ombre s'est glissée la plus vile des créatures.

— Plus vile que vous ? demanda Ravinger.

Cela lui valut un regard noir de Nyx qui le réduisit au silence.

— Aussi étrange que cela puisse vous paraître, monsieur Ravinger, oui, répondit le chinchilla.

Il affichait désormais un regard soucieux et fronçait les sourcils. Plus vil que Nyx, sur l'échelle de Nyx, cela devait être extrêmement vil. La quintessence du vil. La vilitude incarnée… Mais Ravinger avait du mal à y croire. Pour lui, Nyx restait le maître indétrônable des gougnafiers de ce monde, et peut-être même des autres aussi.

— Au début, la reine a manqué un conseil, puis ses absences se sont répétées. Et des bruits ont commencé à courir. Elle ne reçoit plus le Premier ministre, ni Lord Gawlish, le représentant du conseil, Alfred Wilson, semble avoir pris la tête de la sécurité du palais. J'ignore si c'est une action de concert avec « l'ombre de la reine » ou s'il profite juste du fait que Sa Majesté est manipulée pour gagner en pouvoir dans le palais.

Ward leva un sourcil et dressa les oreilles. Lors de leur dernière rencontre, Lord Gawlish ne s'était pas montré très sympathique, mais de là à organiser un coup d'État…

Pour Ravinger, ses pensées étaient toutes autres. Son mépris pour l'elfe avait été immédiat et il pouvait facilement l'imaginer dans le rôle du méchant. Pour lui, Lord Gawlish était plus enclin à devenir la marionnette du diabolique docteur Nyx plutôt qu'un futur dictateur, gravissant peu à peu les échelons du pouvoir jusqu'à régner en maître incontesté. S'il devait grimper quelque chose, c'était un arbre.

Comme s'il avait deviné ses pensées, Ward lui jeta un regard amusé. Ravinger lui retourna une moue agacée en se refaisant le dialogue dans sa tête : « Vous remuez toujours vos moustaches quand vous ruminez, mon cher Ravinger » et « je ne devine jamais ! ».

Toutefois le renard n'ajouta rien et reporta son attention sur Nyx, l'intimant silencieusement de poursuivre son exposé.

— Je vous dis que quelque chose ne tourne pas rond ici. La reine se replie sur elle-même, ses soi-disant alliés s'accaparent son pouvoir dans sa propre maison et les choses sont allées de mal en pis depuis que son nouveau Grand Conseiller est arrivé.

— Je suppose que c'est lui que vous désignez sous le terme « l'ombre de la reine »…

Nyx hocha la tête, sombre.

— Croyez-vous que j'aurai fait appel à vous si ce n'était pas extrêmement sérieux ? demanda-t-il. Depuis que ce sorcier sanguinaire s'est installé ici, Sa Majesté n'a plus toute sa tête. Elle ne prend plus une décision sans qu'il ne lui susurre des choses à l'oreille et elle ne quitte plus ses appartements sans qu'il ne soit dans son ombre. Combien de temps avant que notre souveraine ne devienne un souverain ?

Ward soupira et Ravinger croisa les bras l'air inquiet.

— Mettons que je vous crois. Quelle importance cela pourrait-il bien avoir pour vous ?

Nyx apparut surpris, puis peiné. Ravinger n'y crut pas une seule seconde et ne fit pas l'offense de vérifier si Ward avait avalé la couleuvre.

— Mon cher, vous me navrez, lança Nyx avec une expression de chagrin terriblement surjouée. Mais je comprends. Parce que vous et moi ne sommes pas du même côté de « la loi », notion discutable à mon sens, vous pensez que je ne suis pas patriote. Que je me contrefiche du sort de ma souveraine, voire même que je pourrais trouver un intérêt à sa disparition.

Le silence qui suivit fut éloquent.

— Je vois, reprit-il en se frottant l'arcade sourcilière d'une main. Cependant, je dois vous dire que vous avez tort. Pourquoi m'attaquerais-je à un système qui sert mes intérêts et à un monarque qui me maintient en vie dans des conditions de confort acceptables ?

La moue de Ward lui confirma qu'il avait visé juste et que son argumentaire commençait à porter ses fruits.

— Je n'ai aucun avantage à vous mentir, ajouta-t-il. Pas sur ce point en tous cas. Et avant que vous ne m'accusiez d'être avide de pouvoir, rappelez-vous que mes motivations sont celles d'un… d'un épicurien, lança-t-il après une courte hésitation. Oui, c'est ça. Et la vie d'un dirigeant de royaume n'est faite que de contrariétés et d'obligations. Très peu pour moi. J'ai des choses plus amusantes à faire.

— Je n'en doute pas un instant, répondit Ward.

— Mais vous ne me croyez pas.

— Je vous crois en partie. Mais je pense surtout que vous voulez retourner une situation défavorable pour la rendre favorable dans un but encore obscur. C'est votre façon de fonctionner.

— Et parce que vous n'avez pas confiance en moi, vous allez abandonner votre souveraine face au danger ?

C'en fut trop pour Ravinger qui bondit de son siège, outré.

— Comment osez-vous ? lança-t-il, les moustaches frémissantes de colère.

Il avait levé une main, pointant Nyx d'un doigt accusateur.

— Le danger est ici, oui, et c'est vous.

Nyx se dressa à son tour, calme, mais déterminé, prenant appui des deux pattes sur son bureau en bois massif.

— Essayez de voir plus loin que le bout de votre museau ! Je n'ai aucun moyen de savoir ce qu'il adviendra de moi s'il arrive quoi que ce soit à Sa Majesté ! Je suis ici selon son bon vouloir ! Si vous savez que je n'ai que mes propres intérêts à cœur alors, comprenez que la sécurité de la reine sert mes intérêts. Qu'avez-vous à répondre à cela ?

Il y eut un silence et Ravinger serra les poings, ne détourna pas les yeux et se rassit lentement sans répondre, sans même jeter un regard vers Ward. Malgré l'indignation, il savait que sur ce point Nyx avait raison, et ça le mettait encore plus en colère. Il n'était pas en état d'avoir une conversation construite. À ce stade il voulait juste lui émietter du pain elfe dans la bouche et refermer le tout pour le regarder mourir étouffé. La rage l'avait aveuglé et le seul éclair de lucidité qu'il eut fut de s'accrocher aux accoudoirs de son fauteuil en décidant de détourner le regard pour sonner la fin de l'affrontement. Tout ça ne menait nulle part et la tension était désormais palpable dans la pièce.

Nyx se rassit également et ses yeux se posèrent à nouveau sur

Ward qui avait joint ses mains et les avait appuyées sur sa bouche dans une posture pensive.

— Votre inquiétude est sincère, lâcha le renard.

Nyx parut soudain soulagé. Le chinchilla sourit et voulut parler, mais Ward enchaîna :

— Toutefois, vous avez raison, je ne crois pas qu'elle concerne la reine.

L'expression de Nyx changea du tout au tout et son regard devint noir.

— J'ignore ce qu'il se passe ici exactement, et soyez sûr que je ne repartirai pas sans poser quelques questions au Premier ministre ou à Lord Gawlish, mais quoi qu'il en soit, je pense que vous avez lancé cet appel dans un but qui ne sert pas les intérêts de la reine. Je suis convaincu que Sa Majesté est en sécurité, ici.

Sur ces mots, Ward se leva et salua le chinchilla. Ravinger bondit de son siège et suivit Ward vers le sas de sortie sans même une démonstration de politesse. *Pourquoi saluerai-je ce malotru ?* se dit-il en fixant le seuil.

Nyx les observa se placer devant la porte tandis que le cercle magique de protection s'illuminait. Il y eut un clic et la porte s'ouvrit pour les laisser passer. Ward se retourna pour lui jeter un dernier regard et Nyx secoua légèrement la tête.

Une histoire de couloirs

Le sas de sortie donnait sur une antichambre identique à celle qu'ils avaient traversée pour entrer, à la différence que les agents en costume noir étaient un caméléon et un chihuahua. Ils signèrent le registre de sortie, prêtèrent peu d'attention au discours récité à propos des noms, du palais et de la sécurité. L'un comme l'autre était très préoccupé par leur rencontre avec Nyx. Pour plus ou moins les mêmes raisons.

Quand ils émergèrent de l'antichambre, ils se trouvèrent dans un couloir similaire à celui qu'ils avaient pris en arrivant. Les tableaux étaient différents et le tapis était bleu. Un bleu nuit qui sembla apaiser un peu la colère de Ravinger.

— Je sais que vous avez dit que vous étiez convaincu que Sa Majesté était en sécurité, mais…

Le blaireau ne termina pas sa phrase, il n'en eut pas besoin.

— Vous avez raison, Ian. Il a réussi à me faire douter. Mais je crois que la meilleure façon de nous rassurer est de trouver Lord Gawlish, il connaît suffisamment bien les affaires du palais pour savoir si un danger existe ou non.

Ravinger observa le couloir aux murs de marbre ivoire sur lesquels se reflétait la lumière des luminorbes qui flottaient au plafond et donnait à l'ensemble une image de ciel étoilé. Il n'était pas follement emballé à l'idée de courir après un elfe, et celui-là en particulier. Il était hautain et désagréable, mais pour un elfe… c'était un pléonasme.

— Et… vous savez où aller ? demanda-t-il en regardant autour de lui avec hésitation.

Ward haussa les épaules.

— Pas vraiment. Je ne connais pas le palais aussi bien que ça, mais on finira bien par tomber sur quelqu'un en retrouvant le hall principal ou en entrant dans un salon de conversation. Vous n'avez pas idée du nombre de personnes qui peuplent ce palais, dit Ward en ouvrant la marche.

Ravinger haussa les sourcils, mais suivit le mouvement.

— Pardon de vous le dire, mais pour l'instant, je trouve cet endroit étonnamment calme.

Ward soupira.

— Nous allons en avoir le cœur net. Nous ne partirons pas d'ici sans avoir de réponses à nos questions, mon ami.

Ravinger hocha la tête en appréciant les peintures accrochées ici et là et représentant des paysages de nuit dans des tons violets et bleus si profonds qu'ils évoquaient la nuit même. Il ressentit un petit pincement au cœur et regretta que Wren ne soit pas à ses côtés pour en profiter. Elle aimait tant la peinture. Mais à l'heure actuelle, sa bien-aimée était occupée à serrer des mains à la pinacothèque… Il se rassura en se disant qu'en matière de tableaux, elle était servie. Toutefois, il aurait préféré rester avec elle pour savourer cette soirée, plutôt que de se retrouver face à ce sagouin de rongeur à la morale discutable.

Ils débouchèrent sur un long couloir ivoire qui n'offrait que deux options : gauche ou droite.

— Je crois que nous sommes dans une des ailes réservées aux invités, lança Ward. L'un ou l'autre chemin nous mènera à l'aile suivante, qui elle-même nous ramènera au corps principal.

Ils tournèrent instinctivement vers le côté le plus court. Les tapis épais étouffaient le bruit de leurs pas et toutes les portes qui s'alignaient devant, ou derrière eux, étaient fermées. Ward s'arrêta un court instant, puis se remit en marche sans rien dire. Ils passèrent l'angle pour déboucher dans le même long couloir.

— En d'autres circonstances, j'aurai trouvé la vision inquiétante. J'espère qu'ils fournissent un plan aux invités, marmonna Ravinger.

Ward répondit un « mmmh » pensif en dodelinant de la tête,

mais ne ralentit pas une seconde. Quand il stoppa net, le blaireau faillit le percuter de plein fouet.

— Qu'est-ce que…

— Écoutez, déclara Ward.

Ravinger leva le museau et tendit l'oreille. Rien. Il pencha la tête d'un côté, de l'autre. Toujours rien.

— Je suis désolé, je n'entends rien.

— Précisément, répondit le renard.

Puis il repartit. Le blaireau ne réagit pas de suite et trottina pour le rattraper.

— Pardon ?

— Je crois que vous avez raison, mon ami. L'endroit est très calme. Trop calme.

Ravinger n'eut pas besoin de poser davantage de questions. Que Nyx leur ait menti ou non, il se passait quelque chose d'inhabituel au palais, quelque chose de suffisamment étrange pour que son camarade presse le pas. Ce qui n'était pas vraiment pour lui déplaire. Ces enfilades de couloirs identiques le mettaient mal à l'aise.

Fort heureusement, lorsqu'ils tournèrent le coin suivant le paysage changea. Et à ce stade, pour Ravinger, tout changement était bénéfique, même s'il impliquait de tomber nez à nez avec un elfe mal-embouché. Mais c'était le cas de tous les elfes.

Ils arrivèrent dans une salle au parquet immaculé, sentant la cire et la violette, avec un grand comptoir et des portes de service. L'accueil du quartier des invités sans doute, ils avaient dû partir dans le sens inverse de circulation habituel, se dit Ravinger. Et lorsqu'ils tombèrent nez à nez avec un coq en livrée, leur soulagement fut de courte durée. Il poussa moult exclamations de surprise clairement teintées de contrariété.

— Veuillez me suivre, messieurs, je vais vous raccompagner à la sortie, lança-t-il d'un air pincé en tirant sur son gilet.

Et il pivota sans autre forme de procès. *Décidément, quel accueil*, se dit Ravinger en suivant le mouvement.

— Avant de partir, nous souhaiterions voir Lord Gawlish, dit Ward en emboîtant le pas au coq qui avait déjà filé vers un nouveau couloir, rouge à nouveau, qui déboucha sur un grand escalier. LE grand escalier.

Le blaireau fut soulagé de retrouver ses marques.

— Je suis navré, fit le coq en jetant un œil à sa montre à gousset, mais Lord Gawlish n'est pas disponible. Je dois vous reconduire, déclara-t-il obstinément en descendant les marches de plus en plus vite.

Ravinger et Ward suivirent en pressant le pas.

— Il faudra bien qu'il le soit, lui ou n'importe qui d'autre du conseil, lança Ward.

— Je suis navré, répéta-t-il. Aucun de ces messieurs ne peut vous recevoir.

— Je me dois d'insister, dit le renard.

Ravinger se tendit. Le ton allait commencer à monter. Il vit Ward prendre une grande inspiration et le coq gonfla ses plumes en refusant de s'arrêter un instant. Il filait de sorte qu'ils devaient presque lui courir derrière.

— Mes plus plates excuses, monsieur. Mais je dois vous demander de quitter le palais. Ce sont mes instructions.

Il arriva au bas des marches et continua vers la porte où un garde attendait.

— Colby, veuillez ouvrir à ses personnes, lança le coq au terrier en uniforme qui se tenait devant la porte.

Ward était sur le point de protester quand un *FONCK!* résonna.

Tous se figèrent et le coq murmura :

— Trop tard.

Une question de timing

— Trop tard ? Comment ça trop tard ? balbutia Ravinger en fixant le coq qui commençait à montrer des signes d'agitation.

Ward avait tourné son attention vers le garde à la porte et le blaireau suivit le mouvement. Le pauvre Colby avait replié ses oreilles de terrier et les fixait avec un regard de pitié rond et humide. Comme si cette technique pouvait fonctionner sur Ward. Ravinger faillit en lever les yeux au ciel. *Ah l'innocence…*

— Ouvrez, lança Ward.
Colby le fixa sans comprendre.
— Ouvrez, *s'il vous plaît,* répéta Ward.
Le fox-terrier ne bougea pas.
— Je… je ne peux pas, monsieur. Je voudrais bien je vous assure.
— Comment ça, vous ne pouvez pas ? demanda Ravinger.

Le blaireau fixa le garde, puis la porte, puis Ward. Ce dernier s'avança et prit le grand anneau de métal doré dans une main pour le tirer vers lui, mais la porte ne bougea pas d'un pouce. Il ne s'acharna pas. Recula et lâcha :

— Je vois.
Il jeta un dernier regard au chien, qui baissa les yeux et se remit au garde à vous.
— Digby ? fit la voix de Ravinger.
Le renard se retourna et comprit aussitôt le problème.
— Je crois que notre ami nous a faussé compagnie, ajouta le blaireau.

Et en effet, le coq avait profité de leur moment d'inattention pour filer.

Ward émit un petit grognement. Ravinger ne sut décider si c'était de la frustration ou de l'agacement. Ça ressemblait plus à de l'agacement. *Intéressant,* il n'arrivait pas à départager ses propres sentiments. Impossible de déterminer s'il était plus inquiet qu'énervé par toute cette situation. Ils venaient pour sauver la reine d'un danger dont ils ignoraient la nature et dont ils doutaient même de l'existence, et se retrouvaient piégés à l'intérieur du palais. Le blaireau regarda son ami. *Et si Nyx avait raison ?* Ward grogna à nouveau. Sans doute avait-il suivi le fil de ses pensées.

— Venez, gronda Ward en se dirigeant vers l'escalier.
Ravinger le succéda.
— Nous y retournons n'est-ce pas ?
— Personne d'autre ne souhaite nous parler ici à part lui. J'ai conscience que ce n'est pas l'idéal, mais…

Il soupira et Ravinger hocha la tête. Arrivé à un croisement de couloirs, le blaireau hésita, mais décida que Ward avait très certainement parfaitement mémorisé son chemin et prit le parti de le suivre où qu'il aille. De toute façon, c'était ça ou se retrouver seul et perdu dans un palais vide. *Pourquoi rien ne se passait jamais comme prévu ? Madame Egerton allait se faire un sang d'encre… mais pire que ça… son thé allait refroidir et qui sait si elle n'allait pas donner sa fournée de gâteaux au voisin.* Cette pensée le mit véritablement en colère. Contrairement à ce que Ward semblait penser, il ne fallait pas prendre la nourriture à la légère. Et fort de cette idée, il marcha plus déterminé que jamais aux côtés de son colocataire et ami afin de confronter l'ignoble docteur Nyx pour la deuxième fois de la soirée en espérant que ce serait la dernière.

Les tableaux. Ravinger reconnut la lande peinte dans des tons de bruns rouges et d'ocres sombres. Ils étaient en effet sur le bon chemin. Puis Ward stoppa devant une porte, que Ravinger supposait être la bonne, il avait un peu perdu le compte de portes dans ces interminables couloirs, et le renard ouvrit sans faire de manières. Ravinger se figea. Il… il n'y avait personne.

— Qu'est-ce que… ?

Est-ce que les gens disparaissaient tous au fur et à mesure ? se demanda le blaireau. Ward ne se perdit pas en vaines interjections et était déjà en train de faire le tour de la pièce. Il releva le museau.

— Je crois que nos hôtes ont misé un peu vite sur notre départ, déclara-t-il.

— Où sont-ils ? demanda Ravinger. Que se passe-t-il ici, enfin ?

— Pour une fois, vous ne pourrez pas me mettre ça sur le dos, affirma Ward.

Le blaireau le regarda sans comprendre.

— Vous accusez toujours mes manières de faire fuir les gens. Je suis certain qu'il ne s'agit pas de cela dans le cas présent.

Par le grand saint Fripon, si Ward commençait vraiment à faire de l'humour il n'arriverait pas à suivre. Ravinger porta ses pattes à ses tempes et les massa un instant, puis choisit de ne pas relever. De toute façon Ward souriait déjà, il n'avait pas besoin d'en rajouter.

— Et que pensez-vous que ce soit, dans ce cas ? demanda-t-il en prenant une profonde inspiration.

— La pause.

— Vous plais… Non.

— Le son que nous avons entendu au moment de sortir a dû s'entendre ou se sentir partout dans le palais. Nos «agents de sécurité» sont tous simplement convaincus que nous sommes partis.

— Et ils ont pris une pause sans se soucier de laisser un dangereux criminel sans surveillance ?

Ward ne répondit rien et se contenta de le fixer avec un regard lourd d'évidences. Ravinger sentit ses épaules s'affaisser.

— Y a-t-il quelque part en ce bas monde des gens qui s'inquiètent de bien faire leur travail ? murmura le blaireau dans un souffle.

— Madame Egerton, de toute évidence. Wren. Et le criquet du bureau des câblogrammes, il a toujours été particulièrement efficace. Saviez-vous qu'il tenait des registres de ses propres statistiques ?

Ravinger leva un sourcil.

— Et je ne suis pas dans votre liste ?

— Oh. Pardon. Je croyais que c'était évident.

Cette réponse cloua le bec du blaireau qui prit également le temps d'apprécier le compliment fait à sa bien-aimée. *Mmmh…* c'était touchant… plus qu'il ne voulait bien l'admettre.

— Et maintenant, entrons, vous voulez bien ? Nous avons assez perdu de temps comme ça, lança Ward.

— Comment ? demanda Ravinger, dans un moment d'innocence qu'il était sur le point de regretter.

— Eh bien partons du principe que les deux gugusses en noir de servent à rien. Hypothèse de travail, bien sûr, déclara le renard en se dirigeant vers le recueil sur lequel il avait déjà marqué son nom précédemment.

Il se plia au même rituel sous le regard incrédule de Ravinger puis se plaça devant la porte. Le cercle magique s'illumina, la porte s'ouvrit, Ward entra. La porte se referma derrière lui et il fallut bien quelques secondes à Ravinger pour se jeter sur le livre et imiter son colocataire. Ce qui ne l'empêcha pas de se sentir coupable en passant le seuil. Étaient-ils vraiment censés faire ça ?

Retrouvailles

— Vous plaisantez sans doute ! s'écria Ward.

Ravinger espérait n'avoir raté aucune révélation déterminante. Il se sentait toujours gêné de demander à Ward de lui répéter ce qu'il s'était passé.

— Je ne comprends pas, lâcha Nyx visiblement surpris de les voir de retour.

Ce qui rassura le blaireau, de toute évidence, il n'avait rien manqué d'important.

— Dans ce cas, nous sommes trois, répliqua Ward.

— Si vous êtes là, c'est que vous avez changé d'avis, dit le chinchilla avec un sourire satisfait.

— Non, répondit Ward sans faire de manières. Si nous sommes là, c'est qu'on ne peut plus sortir !

Il y eut un silence. Ravinger et Ward fixaient Nyx d'un œil accusateur et Nyx regardait tour à tour Ward et Ravinger comme s'ils avaient raconté une bonne blague. Mais son sourire, qu'il fut satisfait ou amusé, disparut dans les plis durs d'une expression inquiète.

— Vous plaisantez ? s'exclama Nyx.

— C'est exactement ce que je suis venu vous demander, répliqua Ward. Il semble que nous tournions en rond. Vous niez donc être au courant de la raison pour laquelle nous sommes retenus dans ces murs ?

— Absolument !

La réponse ferme de Nyx ne fit pourtant pas disparaître le doute.

— Mon ami, continua Nyx, si vous pensez autrement, c'est que vous m'accordez plus de crédit que je n'en ai. J'en suis flatté, ceci dit.

— N'interprétez pas notre manque de confiance comme un compliment, grinça Ravinger.

Mais Nyx ignora la remarque.

— Ce que je vous ai dit, je l'ai déduit d'une suite d'événements dont je suis directement ou indirectement le témoin depuis ma détention en ces murs.

Ravinger pouffa au mot « détention » et Nyx lui lança un regard acide qui jeta un froid.

— Avouez que vous avez connu des conditions plus pénibles, commenta Ward.

Nyx fit une moue d'approbation.

— Sans doute. Mais si vous êtes venus me demander des comptes parce que vous me croyez suffisamment puissant pour vous garder ici en vous faisant fermer la porte au nez, vous vous trompez.

— Vous faites erreur. Ce n'est absolument pas ce que nous croyons. En revanche, nous pensons que vous savez ce qu'il se passe.

— Oh, permettez que je flatte mon ego de temps en temps, ronronna Nyx.

Ravinger leva les yeux au ciel.

— Comment le saurai-je ? demanda enfin Nyx. Je n'ai pas feint ma surprise de vous voir de retour dans mes appartements. Allez donc tirer les elfiques oreilles de Lord Gawlish. Il ne doit pas être loin de toute façon, vu qu'il les laisse traîner partout où il peut. S'il a entendu parler de votre mésaventure, et croyez-moi, si ce n'est pas le cas, ça ne va pas durer, vous n'allez pas pouvoir échapper au face-à-face.

Ward et Ravinger se regardèrent. Inutile d'en révéler plus que nécessaire à Nyx. De toute évidence, s'il savait quelque chose, il ne le dirait pas.

Ward prit une grande inspiration, hocha la tête et sans un mot de plus se dirigea vers la sortie. Ravinger suivit et ils se retrouvèrent à nouveau dans le couloir bleu nuit.

— Mon ami, je crains que nous n'ayons un nouveau mystère à résoudre, lança Ward.

BULLETIN DES LOIS
DE LONDYNIA

MXXCVIIᵉ SERIE.

CYCLE D'EDAN
CONTENANT
LES LOIS ET DECRETS D'INTERET PUBLIC ET GENERAL
N° 48266

DÉCRET DE FERMETURE
EXCEPTIONNELLE DU PALAIS

Sa Majesté la reine, sur le rapport du conseil royal et du Grand Conseiller, décrète la fermeture exceptionnelle du palais en la nuit du 31ᵉ jour d'Anagantios jusqu'au matin du 1ᵉʳ jour d'Ogronios de cet an de grâce du cycle d'Edan.

Tactiques

Ravinger ne cessait de grommeler. S'il ne tenait qu'à lui, il aurait trouvé la salle de pause, et secoué les puces de ces buveurs de café. Ce seul mot lui laissa un goût amer dans la bouche. Il claqua la langue pour s'en débarrasser. Ward émit un petit rire.

— Concentrez-vous sur les problèmes que vous pouvez régler mon ami, déclara-t-il. Si vous voulez mettre tous les employés de ce palais au pas, vous allez vous épuiser. Par ailleurs, il y a déjà quelqu'un qui est censé le faire.

— Censé. Vous mettez le doigt dessus. Précisément, grogna Ravinger.

Mais malgré son niveau assez élevé de contrariété, il ne put faire autrement que reconnaître la voix de la raison quand elle chantait à ses oreilles : ce n'était pas à lui de résoudre ce problème.

— Tout de même, ajouta-t-il. Ne craignez-vous pas que ce soit l'occasion tant attendue pour Nyx de s'échapper ? Ne serait-il pas plus prudent pour nous de rester là ? Pour le surveiller…

Ward ralentit le pas.

— Je me suis fait la même remarque que vous, Ian. Mais nous sommes face à un dilemme. Restons-nous auprès de Nyx pour assurer sa captivité tandis que la reine se fait peut-être assassiner ? Ou cherchons-nous à garantir la sécurité de la reine en vain pour permettre à Nyx de s'échapper ? Je n'ai pas besoin de pousser mon raisonnement, n'est-ce pas ?

— Non, grogna Ravinger. Cette question n'a pas de réponse et quoi qu'il en soit, si nous devions vraiment faire un choix, ce sera toujours celui de sauver Sa Majesté.

— Je ne peux qu'approuver, conclut le renard en se frottant les moustaches. Et la situation ne manque pas d'ironie, je trouve.

Ravinger leva un sourcil curieux.

— Nous qui cherchions à éviter Lord Gawlish lors de nos dernières visites, j'ai le sentiment que nous allons affronter moult difficultés avant de lui mettre la patte dessus, déclara Ward.

Ravinger hocha la tête. Il était vrai que l'idée de courir après ce picoreur de graines ne l'emplissait pas de joie. Il n'avait jamais pu sentir cet elfe prétentieux. *Mmm… pléonasme. Encore.*

— Et je sais que vous préféreriez que nous ne le trouvions pas, s'amusa le renard en continuant de filer dans les couloirs.

— N'y voyez rien de méchant pour vos parents, dont j'apprécie grandement la compagnie, mais j'ai l'impression que quelqu'un s'est acharné à rassembler les gens pénibles ici. J'avoue que ça peut véritablement décourager d'approcher Sa Majesté…

Ward éclata d'un rire qui résonna dans le couloir. Le son les surprit et leur imposa aussitôt le silence. Quand ils arrivèrent dans la salle où le coq les avait trouvés, il n'y était plus et ils n'avaient toujours croisé personne en descendant l'escalier. Même Colby avait quitté son poste.

Ravinger et Ward étaient là, au milieu de l'entrée du palais, devant un double escalier de marbre brillant sous les luminorbes, seuls dans un silence de mort et un château immense. Ils échangèrent un regard inquiet.

— Quelle est la meilleure chance pour que nous trouvions quelqu'un ? demanda Ravinger.

— Ne ferions-nous pas d'une pierre deux coups en essayant directement de nous introduire dans les appartements de Sa Majesté ?

Ravinger ouvrit des yeux comme des soucoupes.

— Vous êtes sérieux ? articula-t-il choqué.

Le renard haussa les épaules.

— Nous trouverons fatalement quelqu'un sur le chemin qui tentera de nous arrêter… non ?

— Espérons-le. Je n'ai aucune envie de finir au fond d'un cachot pour crime de lèse-majesté, répondit le blaireau.

Il hésita un instant avant de dire :

— Croyez-vous que les cuisines soient vides ?

Ward lui jeta un regard entendu.

— Je ne faisais que demander, répliqua Ravinger.

— Que diriez-vous de vérifier si la rumeur dit vrai à propos de la tour de l'aile ouest ? demanda Ward.

— Qu'elle est hantée ?

— Que c'est là que se trouvent les appartements de la reine.

— Oh. Bien sûr.

— Si vous voulez mon avis, nous aurions pu atteindre la serre bien plus vite lors de notre enquête en ces lieux. Mais Lord Gawlish nous a baladés afin d'éviter de nous faire traverser les appartements de Sa Majesté… Ce que je peux comprendre.

— D'où votre déduction que la reine loge dans l'aile ouest.

— Tout à fait.

— Bien, ça nous fera gagner du temps.

Ils passèrent sous le double escalier et suivirent le long couloir jusqu'à atteindre la galerie de vitraux donnant sur la cour principale et son extraordinaire pelouse ceinte d'une large allée qui accueillait les grandes manœuvres de la Garde lors des jubilés. La nuit étant déjà tombée, Ravinger et Ward ne pouvaient en voir grand-chose, mais le scintillement des papicioles au-dessus de l'herbe parfaitement taillée donnait une idée de l'immensité de la pelouse.

Un autre couloir mena à un autre et l'aile ouest présenta sa première porte… ouverte.

— Eh bien, voilà qui n'est pas trop difficile, lança Ravinger.

— Mmm… et moi je n'aime pas beaucoup ça.

Ward passa la tête dans l'ouverture de la porte et le blaireau l'imita puis risqua un pas dans la pièce sombre. Aucune alarme ne résonna et personne ne leur sauta sur le poil pour les jeter au cachot. Ravinger tourna la tête vers Ward, haussa les épaules et entra, ce qui alluma une série de luminorbes bleuâtres d'assez faible intensité. Le blaireau se figea sous l'effet de cette ambiance inattendue.

— Intéressant, murmura Ward.

Ravinger, qui était presque au milieu de la pièce fit un tour d'horizon. Le bureau, les tableaux, les étagères, les statues…

— Ce ne serait pas le bureau du secrétaire de la reine ? demanda Ravinger. Je reconnais sa tête de fouine sur les photogrammes. Il m'a toujours donné l'impression de cacher quelque chose, celui-là.

— Je suis bien d'accord avec vous, fit une voix grinçante.

Il y eut un reniflement et Ravinger se figea net. Le silence tomba sur la pièce. Pivotant doucement, le blaireau aperçut du coin de l'œil une forme blanchâtre en train de se moucher. Un regard à Ward lui apprit qu'il partageait sa surprise et son incompréhension.

— Oh pardon, fit la grenouille fantomatique en resserrant son écharpe. J'ai si peu l'occasion de voir de nouvelles têtes que j'oublie que ça peut surprendre. Veuillez m'excuser !

Et il recula pour se fondre dans un des murs du bureau pour disparaître avant que Ravinger ou Ward aient pu prononcer un mot.

— Intéressant, lâcha le renard. Vous voilà rassuré. L'aile ouest est véritablement hantée. Vous allez pouvoir mettre vos talents et votre tout nouveau statut d'enquêteur de la Ghost Unlimited à l'œuvre, dit-il avec un geste vers le tout nouveau badge rouge et blanc qui ornait la veste de son ami. Je crois savoir que vous avez même prêté serment.

— Vous vous moquez ?

— Pas le moins du monde. Je vous soutiens, je vous l'ai dit. Je suis impatient de vous voir mener vos propres enquêtes, cela s'annonce fascinatoire.

Ravinger hocha la tête. Il se sentait un peu ridicule d'avoir douté de son ami et de l'avoir accusé de se moquer. Il ne le pensait pas vraiment, en fait. Cette inquiétude, elle venait de lui-même.

— Je suis sûr que vous allez mener vos missions avec le plus grand sérieux et que vos clients seront satisfaits, ajouta Ward comme s'il l'avait entendu penser.

— Je l'espère aussi, mon ami, répondit le blaireau un peu ému. Mais comme je ne compte pas apprendre les petits secrets du secrétaire de Sa Majesté, je suggère que nous continuions à avancer.

— Excellente idée, fit la voix de la grenouille toujours invisible. Atchoum !

Ward lança un regard amusé à Ravinger et montra l'exemple en ouvrant la seule autre porte présente dans la pièce. Et ils sortirent en saluant le fantôme disparu. *La moindre des politesses, n'est-ce pas.*

— C'est curieux tout de même, dit Ravinger.
— Quoi donc ? demanda Ward
— Eh bien… je suppose que Sa Majesté ne traverse pas des bureaux pour se rendre à ses appartements…
— Comme souvent, vous supposez bien, mais je n'ai pas le plaisir de connaître les entrées privées des appartements de la reine, répondit-il sans la moindre malice.

Les luminorbes bleutés s'allumèrent alors qu'ils entrèrent dans la pièce suivante pour découvrir une autre salle vide. Plus ou moins. En dehors des tapis aux arabesques complexes et d'une grande table ronde et d'une série de chaises, de très belle facture… Il n'y avait toujours personne. Ou presque. Car la grenouille fantôme était à et les suivait du regard en terminant de se moucher.

Toute vérité n'est pas bonne à dire

— Pardonnez-moi, fit la grenouille. Pas moyen de me réchauffer, dit-elle en serrant sa veste contre lui.

— Il n'y a pas de mal, répondit Ward.

— Excusez-moi, mais… Vous qui avez l'air de connaître les lieux… Sauriez-vous nous dire où se trouve Lord Gawlish ? … Il s'agit d'un elfe avec…

— Oh oui, bien sûr. Mais comme je l'ai entendu vociférer, je me suis éloigné. Il est d'une humeur épouvantable. Je n'affectionne pas quand les gens crient, vous savez. Continuez dans la pièce suivante et vous n'aurez qu'à prendre la porte de droite, répondit la grenouille.

— Je vous remercie vous êtes bien aimable, rétorqua le blaireau avec un petit salut de la tête.

— Je vous en prie, je ne rends pas souvent service à des gens aussi affables.

Il les salua et traversa le mur du fond comme s'il n'existait pas. Il y eut un court silence. Ravinger jeta un regard interrogateur à son ami et le renard haussa les épaules.

— Suivons les instructions, nous verrons bien, déclara ce dernier.

Ward posa la main sur la poignée de la porte indiquée, l'actionna et déboucha sur un autre bureau et les luminorbes blancs et jaunes les aveuglèrent instantanément.

— Oh ! s'écria Ravinger en se couvrant les yeux.

— Que faites-vous ici ? demandèrent deux voix en chœur.

Le blaireau en était encore à tenter d'ouvrir les paupières et de s'habituer à la forte luminosité qu'il sentit une patte lui saisir le bras.

— Eh ! Mais que faites-vous ? s'exclama-t-il en s'efforçant de se libérer.

— Je suis désolé, mais votre présence nous a été signalée et nous étions en chemin pour vous amener de ce pas à Lord Gawlish, fit la voix à côté de lui.

Elle avait l'air d'émaner d'un loup. Grand. Massif, Puissant. Un bon choix niveau sécurité, se dit Ravinger.

— Très bien, c'est justement lui que nous venions voir. Et jusqu'à présent vous n'avez pas beaucoup aidé, fit Ward.

Ravinger grinça des dents. S'ils étaient sur le point d'être arrêtés, ce serait bien que Ward n'aggrave pas les choses en les traitant d'imbéciles, comme à son habitude. Fort heureusement le garde ne répondit pas et Ward décida pour une raison ou une autre de ne pas surenchérir. Avec un peu de chance, ils seraient jetés au cachot au lieu d'être exécutés sur le champ.

Ils ne furent pas traînés très loin, puisqu'ils traversèrent la pièce en direction de la porte que le fantôme leur avait indiquée. Lorsqu'ils l'eurent passée, on leur lâcha le bras et Ravinger n'eut pas le temps de faire le point sur son environnement que Ward fit encore des siennes.

— Eh bien, je vous félicite Lord Gawlish, vos employés ont le sens du devoir. Ils ont traversé la pièce pour nous conduire à vous avant d'aller profiter d'un repos bien mérité. J'espère que le reste de votre équipe est à leur image.

Le blaireau aurait voulu creuser un trou pour se cacher. Il pouvait toujours aller sous le bureau qui se trouvait là. Malheureusement, tous les yeux étaient tournés vers eux et Lord Gawlish avait l'air sur le point d'exploser.

— Avez-vous seulement idée de la situation dans laquelle vous êtes ? demanda se dernier avec toute la condescendance qui le caractérisait.

— C'est amusant, j'allais vous poser la même question, rétorqua le renard. Vous savez pourquoi nous sommes ici ?

— Je me fiche de savoir pourquoi vous êtes ici, en réalité, car vous ne devriez pas y être, répondit l'elfe.

— Sur ce point, nous sommes d'accord. Nous ne devrions pas

avoir été dérangés en pleine soirée par un individu placé sous votre garde et qui n'est pas censé pouvoir envoyer des messages personnels en dehors du palais, déclara Ward.

Il y eut un silence et Lord Gawlish fronça les sourcils. Ou… les fronça un peu plus.

— Pardon ?

Le renard tendit le câblogramme de Nyx à l'elfe et vit ce dernier se décomposer avant d'afficher une expression de rage. Il froissa le papier et jeta la boule aux pieds de Ward.

— Il se moque de moi ! Comment ose-t-il ? hurla Lord Gawlish.

Il se retourna vers le coq derrière lui, qui se ratatina d'un coup. *Voilà donc où il avait couru tout à l'heure !* se dit Ravinger.

— Sortez-moi le responsable de la sécurité de son bureau et traînez-moi ce monsieur Wilson ici par la peau du cou si nécessaire.

Le coq hocha la tête et disparut par une porte que Ravinger n'avait pas remarquée. Elle se fondait totalement dans le décor, recouverte par la tapisserie aux tons chocolat et aux motifs crème d'un très grand chic. L'estomac de Ravinger grommela légèrement à la pensée du chocolat et de la crème et il croisa les pattes dans l'espoir que personne n'avait entendu.

— Quoi qu'il en soit, reprit l'elfe, vous ne devriez pas être ici. Nous sommes très occupés à l'heure actuelle et ne pouvons vous laisser traîner dans les couloirs du palais. Vous allez être emmenés dans un espace sécurisé et vous serez reconduits vers la sortie dès demain matin.

Ravinger regarda Ward sous le choc de l'annonce. Une partie de lui était soulagée de ne pas être accusée des pires crimes contre la couronne et l'autre était révoltée de l'injustice qui lui était faite. Après tout, Ward avait raison, ils n'avaient pas demandé à se trouver là ce soir.

Mais le renard n'eut guère le temps de répliquer qu'un imposant doberman passa la porte dérobée pour se placer devant eux, suivi d'un carlin à la mine renfrognée.

— Ah ! Monsieur Wilson ! Nous voici encore une fois réunis pour faire la preuve de votre incompétence ! gronda l'elfe en s'adressant au carlin. Nous avons ici des « invités » surprise et c'est de votre faute si nous sommes dans cette situation !

— Mais ? Mais enfin je ne comprends pas ! bredouilla le carlin.

— Vous ne comprenez jamais ! s'écria Lord Gawlish.

— Je vous conseille de surveiller votre langage si vous voulez conserver votre place, mon cher ! Votre siège n'est pas moins éjectable qu'un autre ! rétorqua Wilson.

Il y eut un silence tendu.

— L'agent de la sécurité Kelsey, ici présent, va vous conduire en un lieu sûr pour vous, lança l'elfe avec un sourire artificiel.

Le doberman lança un regard à Wilson, qui hocha la tête.

— Emmenez-les aux appartements de monsieur Nyx. Lui qui se plaint de la solitude, sera ravi de vous revoir, déclara Lord Gawlish sur un ton mielleux en lançant un sourire satisfait à Ward.

Un sourire qui ne plut pas du tout à Ravinger. Vraiment pas du tout. Il jeta un regard à Ward qui parut résigné à suivre le doberman dans le calme et les bonnes manières. Enfin tant qu'il restait silencieux, bien sûr. Ce dont le blaireau doutait fortement.

— Veuillez me suivre, fit Kelsey en ouvrant la marche.

Ward ne quitta pas la pièce avant de jeter un regard hostile à Lord Gawlish qui lui rendit un regard de mépris avant de se tourner vers le carlin qui bouillonnait.

En ce qui concernait Ravinger, la guerre était ouverte. Il n'allait pas supporter davantage de la part d'un mangeur de pelouse. Quand on n'était pas capable d'apprécier un bol de crème, une tartine de confiture ou un fondant au chocolat, on n'était pas un individu civilisé digne de respect.

Contrairement aux craintes de Ravinger, Ward n'avait pas dit un mot et suivait docilement le doberman dans les couloirs. *Suspect.* Mais quand ils arrivèrent dans le couloir au tapis rouge et qu'ils passèrent à nouveau devant le tableau du château de Casperville, le blaireau se figea.

— Digby… murmura-t-il en tournant vers lui un regard inquiet.

Et le renard lui parut aussi tendu que lui. Il ne répondit rien, mais il était évident qu'il n'aimait pas le scénario qui était en train de se dérouler sous leurs yeux. Quand ils s'arrêtèrent devant la même porte, il n'y eut plus aucun doute à avoir. Ils entrèrent dans la même pièce noire qui, ils le savaient bien maintenant, menait aux appartements de Nyx.

— Sommes-nous considérés comme de dangereux criminels ? demanda Ward au doberman.

— En aucun cas. Simplement, cette pièce est la seule qui soit sécurisée ce soir. Soyez assuré que nous viendrons vous chercher demain matin afin de vous permettre de sortir du palais, répondit ce dernier.

— Trop aimable, rétorqua le renard.

— Vous sucrez votre café ? demanda Ravinger aux deux gardes-chiourmes qui avaient repris leur poste.

Le caniche se redressa et le fixa sans comprendre avant de répondre :

— Oui, pourquoi ?

Mais son collègue lézard s'était raidi et avait compris que quelque chose clochait. Ravinger ne renchérit pas, mais le darda du regard tandis qu'il filait vers le registre pour y lire les signatures apposées une deuxième fois. Il serra visiblement les dents et garda le silence tout en jetant un regard inquiet vers le doberman. Pendant un court, mais joyifieux instant, le blaireau jubila. En voilà un qui allait se faire remonter les bretelles, et c'était tant mieux. Le lézard jeta un dernier regard à Ravinger et retourna à sa place.

— Ces messieurs doivent entrer sans signer, fit le doberman.

Si surprise il y eut, sur le visage des deux gardes en noir, elle eut vite disparu. Le lézard se permit même un fugace sourire qui donna au blaireau une violente envie de le gifler. Il parvint à la contenir, en blaireau bien élevé, mais son niveau de stress augmentait au fur et à mesure que le taux de sucre dans son sang baissait. Sans un beignet ou une petite tartine, il n'était pas sûr de rester poli pour les heures à venir.

Le doberman les fit avancer jusque devant la porte. Le caniche ouvrit un panneau dans le mur, trafiqua quelque chose à l'intérieur et la porte s'ouvrit.

Ward et Ravinger se regardèrent et franchirent ensemble le seuil dans un soupir résigné. La porte se referma derrière eux dans un claquement qui disparut sous la voix tonitruante du chinchilla.

— Ah! Je suppose que vous êtes revenus pour vous excuser de m'avoir accusé à tort! Vous savez que ça m'arrive suffisamment rarement pour que je me permette de le noter.

Ravinger serra les dents pour ne rien répondre. La nuit allait être… extrêmement longue.

Et il ouvrit la marche, en continuant de faire la visite.

Journal de Sa Majesté la reine du royaume de Sidhedib

date inconnue

Mon brave Ratz Itzmin n'a cessé de me rassurer aujourd'hui, mais je ne sais que penser. Chaque passage est une épreuve et j'ai le sentiment que, les cycles passant, cela ne va pas en s'arrangeant. Il n'ose pas me taquiner sur mon grand âge, mais il connaît mes craintes.

Peut-être a-t-il raison. Peut-être est-il temps de trouver d'autres façons d'agir, mais j'hésite. Il a eu des propositions... un peu radicales.

Cohabitation

— Ha ha ha ha ha ha ha ha ha !

Nyx se tenait le ventre tout en feignant d'essuyer une larme au coin de son œil perfide.

— Excusez-moi, mais c'est trop drôle ! s'exclama le chinchilla entre deux crises de rire. On vous a enfermés avec moi ? Par tous les dieux à fourrure, que c'est délicieux ! Je ne m'en lasse pas. Nous voilà vous et moi de retour à notre *status quo ante*, si j'ose dire. Dois-je réitérer mon offre d'association[2] ? demanda-t-il en sirotant une tasse de thé.

Il leva sa tasse dans une proposition muette, mais le renard secoua la tête et Ravinger en fit autant. Aussi dur que cela puisse être. Puis il plissa les yeux. *De quoi voulait-il parler ? Comment ça… « son offre d'association » ?* Il se tourna vers Ward qui soupira.

— Non, merci, répondit le renard en lissant la manche de sa veste. Ça ne m'intéresse pas plus qu'avant.

— Dommage, répliqua Nyx en levant un sourcil.

— Toutefois… ajouta Ward.

Un silence suivit ce mot et tous les regards se fixèrent sur lui. Le blaireau n'en revenait pas. *Comment ça « toutefois » ?* Son colocataire ne pensait pas sérieusement travailler de concert avec cet ignoble personnage ? Ce rebut du règne animal, ce…

— Il faut bien admettre que nous sommes coincés ici ensemble. Et que cette situation ne me sied guère, conclut Ward.

Ravinger laissa échapper un soupir de soulagement. La possible fin de cette phrase lui avait donné des sueurs froides.

---

2 : Voir tome 2 : La sirène bipolaire.

— Et vous doutez toujours de ma bonne foi...

Le blaireau éclata de rire à son tour, mais le son mourut vite dans sa gorge au regard noir du chinchilla.

— Et vous doutez de ma bonne foi, répéta Nyx, quand je dis que je ne suis au courant de rien. Pourtant je vous l'ai dit : tout ce que je sais c'est que quelque chose ne tourne pas rond, et je vous ai dit quelles conclusions j'en avais tirées. Et à présent, vous êtes là, parqués dans mes appartements et vous allez me soutenir que tout va parfaitement bien au sein de ce palais ?

Ward jeta un regard un peu abattu à Ravinger qui leva une patte en signe de reddition. Le renard soupira, croisa les jambes et s'adossa dans son fauteuil.

— Non, tout ne va pas « comme d'habitude », voilà ce que je dirai. « Bien » ou « pas bien »... c'est certainement une question de point de vue, lâcha Ward. Mais vous savez très bien que nous ne comptons pas rester ici à attendre que le soleil se lève. D'ailleurs je ne crois pas que Ian ait prévu de fermer les yeux en votre compagnie. Il a déjà refusé une tasse de thé, je crois que ça en dit assez long.

Le blaireau fronça les sourcils avec un regard mauvais à cette idée et Nyx réprima un autre éclat de rire.

— Intéressant, répondit le chinchilla. Et comment voyez-vous les choses ?

— Le plus simplement du monde : vous allez nous dire comment vous avez l'habitude de sortir d'ici, lança Ward.

Les yeux de Ravinger faillirent lui jaillir des orbites et il se félicita de ne pas être en train de boire ou manger, car il aurait tout recraché. Nyx se tourna vers une de ses bibliothèques, remplie de beaux volumes reliés, l'air songeur, puis fit face au renard et le fixa en silence. Ils restèrent ainsi un certain temps, se jaugeant l'un l'autre, jouant une partie de bras de fer invisible à savoir qui gagnerait en premier la « confiance » de l'autre. Ravinger, quant à lui, peinait à savoir qui des deux comprenait le mieux l'autre et qui pensait tout savoir sur son adversaire.

Après son premier et probablement seul échec, le blaireau avait vu son ami se remettre en question avec beaucoup de difficultés. Processus qu'il avait trouvé pénible, mais instructif... Et il doutait que Nyx se soit jamais prêté à l'exercice. Aux yeux de Ravinger, c'était sans doute ce qui faisait sa faiblesse. Il avait trop confiance en lui et Ward, quoi qu'on puisse en penser, avait appris de ses erreurs. Enfin, il l'espérait.

— En effet. Nous n'avons pas d'autre alternative, finit par répondre le chinchilla au pelage argenté.

C'est une blague, se dit Ravinger. Ils n'allaient pas faire ça ? Ils n'allaient pas sortir de cette pièce avec Nyx sous le bras et courir les couloirs vides du palais ? Ils n'allaient pas laisser ce criminel dangereux s'approcher de la reine ? Ou s'échapper ? Mmmh…. Il pouvait probablement déjà s'enfuir… Ou pas… Bon sang, il détestait l'idée de servir de rouage dans le grand plan d'évasion de Nyx. Préférait-il rester là et attendre que cette boule de poils méphitique le trucide dans son sommeil ? Bon… si c'était pour sauver la reine… après tout, il avait été soldat. Toutefois, il devait avouer que cette option ne l'enchantait pas. Pas du tout, même.

Nyx fixait toujours Ward, et le renard lui rendait la pareille. La discussion était loin d'être close.

— Nous devons nous introduire dans les appartements du Grand Conseiller Ratz Itzmin, dit Nyx.

— Voilà donc la cible de votre vendetta personnelle, rétorqua Ward.

Le chinchilla ne répondit pas.

— En quoi cela va-t-il m'assurer que la reine est en sécurité ?

— Parce que c'est lui le danger ! Et que si nous le maîtrisons alors nous sauvons la reine ! Et que si le palais est aussi vide que vous me l'avez dit, alors c'est ce soir que nous devons agir, et vite.

— Hélas, j'ai peur que sur ce point vous n'ayez raison, répondit Ward. Je crains que nous n'ayons pas la nuit pour discuter de ces détails… Donc, dites-moi… comment sortons-nous ?

Journal de Lord Gawlish
Dernière semaine d'Anagantios — jour non précisé

Sa Majesté semble sourde à mes suppliques. Elle n'a d'oreille que pour ce magicien de pacotille. J'en viens presque à regretter l'ancien conseiller, aussi ridicule fût-il. Au moins, il ne nous aurait pas mis dans pareille situation.

Je suis coincé de tous les côtés. Le conseil ne peut pas m'aider et le Premier ministre… Bah. Il est trop fier et il accorde trop de crédit à ses services. Je ne peux décidément me fier à personne. Et le Jour approche.

Échappée

— Vous n'êtes pas sérieux ? lança Ravinger en manquant de s'étouffer avec sa propre question.

Question que Nyx ignora, comme à son habitude.

— Ça me paraît logique pourtant, déclara Ward avec une moue pensive.

Il se frottait la fourrure blanche de son menton tout en observant les murs du salon de Nyx.

— Autant je comprends vos tentatives de sorties par la chambre ou la salle d'eau, autant pirater le panneau de contrôle du sas de sortie depuis ce mur... me paraît particulièrement osé. Personnellement, j'aurai pensé que vous cachiez une porte dérobée derrière l'une de ces bibliothèques... déclara le renard.

— L'idée m'a traversé l'esprit, mais j'ai pensé que ce serait trop évident... et bien trop romanesque, vous ne trouvez pas ? demanda Nyx.

Ravinger hallucinait. Allaient-ils discuter de ça toute la nuit ? Nyx lui sortait de plus en plus par les oreilles. *Et il est fier de lui, l'animal ! Nom d'un troll,* c'était insupportable de l'entendre deviser ainsi.

Ward sourit.

— La salle d'eau me semble un meilleur choix. Nous déboucherons du côté qui nous intéresse.

— Mais nous déboucherons sur les appartements de la famille De Buchan. Dans la même salle d'eau, j'imagine. Si l'architecte a suivi sa logique jusqu'au bout, déclara Nyx.

— Espérons que le comte ne prenne pas son bain à ce moment-là... marmonna le blaireau pour lui-même.

Ward lui jeta un regard amusé et Ravinger dut avouer que l'image était comique. Mais qu'elle ferait échouer leur plan de fuite dans le feutré. S'ils voulaient être discrets autant éviter qu'un énorme phoque les poursuive nu et trempé à travers les couloirs du palais. Ce serait du plus mauvais effet.

— Je vais passer en premier, dit Ward. De cette façon je pourrai repérer les lieux et Ian, vous resterez avec le docteur Nyx en m'attendant.

Ravinger se rembrunit, mais hocha la tête.

— Je vois, grinça Nyx.

— Ne faites pas semblant d'être vexé, lança Ward. Si vous pensez que j'allais vous laisser seul ici, libre de nous fausser compagnie par une sortie dont vous avez sciemment oublié de nous parler, vous insultez mon intelligence.

Nyx afficha un air choqué.

— Je ne permettrais pas, déclara-t-il en se lissant le plastron de chemise et en relevant le menton.

Ravinger se massa les tempes pour se calmer. Pourvu que Digby fasse vite. Chaque minute en présence de ce maudit chinchilla faisait fondre son capital patience à vitesse grand V.

Le renard avait sans doute entendu ses prières, car il passa moins de temps qu'il ne l'avait craint à fixer la main de Nyx tapotant sur son bureau. Si cet immonde personnage pensait le rendre fou avec ce bruit répétitif, il se trompait. Ce qui le mettait vraiment à bout c'était quand il formait des sons avec sa bouche. Surtout si ces sons formaient des mots. Il se débrouillait toujours pour que le résultat final soit insupportable pour l'auditoire, surtout quand ce dernier avait des principes.

Fort heureusement, Ravinger entendit Ward re-rentrer dans la salle d'eau au moment où le chinchilla allait ouvrir la bouche. Il se rappellerait d'aller faire un don aux frères de Saint Tails dès qu'il en aurait l'occasion, pour remercier l'ensemble du règne renard.

— La voie est libre, déclara Ward en arrivant dans le salon.

— Fantabuleux! lança Ravinger.

— Mais quelqu'un a l'air de faire les cent pas dans le couloir, il va nous falloir être prudents au moment de sortir de l'appartement voisin. Au pire, cela nous fera un endroit confortable où passer la nuit, ajouta le renard avec un sourire adressé à son ami. Ils sont très bien installés...

Le blaireau fronça le museau en réponse à la provocation.

— Assez discuté ! lança Nyx en se dirigeant vers la salle d'eau.

— Pas si vite ! l'interrompit Ravinger. Digby, passez devant, voulez-vous ?

Le chinchilla lui lança un regard mauvais et le renard ouvrit la marche tandis que le blaireau la fermait.

Ils enjambèrent la baignoire et se glissèrent par l'ouverture noire pour atterrir chacun leur tour dans la baignoire voisine. Vide, au grand soulagement de Ravinger qui aurait préféré une visite du palais peut-être un peu plus protocolaire.

Si on ne les avait pour l'instant accusés de rien, ça n'allait sans doute pas durer. Ils avaient accepté de faire alliance avec... même en pensée, il refusait de répéter son nom. Cette situation était ubuesque. Pour sûr, à présent, ils seraient jetés dans le plus sombre et le plus profond cachot du palais s'ils étaient attrapés en train de fuir en compagnie de la plus puante des crapules.

Le blaireau chassa cette idée d'un mouvement de tête. Il serait toujours temps de s'inquiéter de ça quand ils y seraient. Pour l'instant il devait filer le train à cette boule de poils grise dans le lâcher d'un pouce.

Une fois tous sortis de la baignoire, et ce sans faire tomber une seule des boules de savons dont le phoque semblait faire collection, ils débarquèrent dans le grand salon des De Buchan qui, même dans le noir, avait en effet l'air d'être du dernier chic. Rien que le tapis donnait envie de rouler dessus. Ou tout du moins, d'enlever ses chaussures... ce qui n'aurait pas été correct du tout.

— Vous avez désactivé les luminorbes ? murmura Ravinger.

— C'était plus prudent, répondit Ward. Je ne voulais pas que la lumière filtre sous la porte. On ne sait jamais.

— Vous êtes un vilain dans l'âme, glissa Nyx.

Le fait que ça se voulait être un compliment était sans doute encore plus insupportable pour le blaireau, qui serra les dents. Ward quant à lui ignora la remarque. Ils s'approchèrent à pas de loup de la porte qui donnait sur le couloir.

— C'est impressionnant comme ça agrandit la pièce quand on n'a pas d'antichambre de sécurité, susurra Nyx.

Ravinger se mordit les babines. Cette nuit allait mal tourner, à un moment ou à un autre. Il en était certain. Ward leur fit signe de se taire, ce que le blaireau trouva particulièrement injuste, car il n'avait pas dit un mot. Pris d'une nouvelle envie de frapper le chinchilla très fort avec le premier objet à sa portée, il prit une respiration profonde et se fit la remarque que s'il quittait ce palais sans avoir commis la moindre violence, il ferait en sorte de réclamer une médaille, fut-elle en chocolat.

Des ombres passèrent devant les appartements, hachant le rai de lumière qui filtrait sous la porte.

— ...Oui au début j'étais pas chaud pour faire l'équipe de nuit sans relève, mais quand ils nous ont proposé un jour de congé supplémentaire...

— C'est Gaby qui a dû êt' contente !

— Ah ben j'te l'fais pas dire. Elle a déjà organisé un grand départ en week-end à Port-Mousse. Je t'avoue que je me vois déjà sur la plage, à lire le journal en maillot.

— Ah ! La belle vie...

Ils tendirent tous l'oreille dans le noir en les écoutant s'en aller. *Une ronde de sécurité sans doute,* se dit Ravinger.

— Pas de relève, hein ? chuchota Ward quand ils furent suffisamment éloignés. Ils doivent patrouiller sur tout l'étage, en ronde. En tous cas, espérons-le. Nous allons leur filer le train en faisant bien attention de rester dans le même sens de rotation qu'eux et en espérant qu'ils ne se retournent pas avant que nous ayons atteint l'étage inférieur...

— Nous ne pouvons pas reprendre le même chemin que tout à l'heure... glissa le blaireau. Au risque de retomber sur les mêmes gusses qui nous ont enfermés ici.

— Vous avez tout à fait raison. Il nous faut trouver l'accès aux communs pour descendre et éviter l'escalier principal. Ou un escalier de service peut-être. Ce qui ne sera pas sans risque, on peut toujours tomber sur quelqu'un dans un bureau ou un autre service de sécurité...

— Mais nous devons prendre le risque ! déclara Nyx à voix basse.

Ward fronça les sourcils, mais hocha la tête. Il imposa à nouveau le silence d'un geste et ouvrit la porte lentement dans le plus grand silence. Il passa prudemment la tête, inspecta le couloir des deux côtés et nous fit signe de sortir... Les deux compères avaient disparu au bout du couloir et ils étaient là, Ravinger, Ward et Nyx, tel un trio improbable, à errer dans le palais royal dans la plus totale illégalité. Le blaireau serra les poings pour se donner du courage et se promit intérieurement de ne jamais raconter cela à personne. Jamais.

De drôles de touristes

Ravinger avait tendu l'oreille avec angoisse durant toute leur remontée du couloir, dans la crainte de voir les deux gardes faire demi-tour et les prendre en flagrant délit de fuite. Il s'imaginait déjà, figé comme un lapin dans la lumière d'une torche.

Quand ils arrivèrent au niveau de la pièce où ils avaient rencontré le coq plus tôt dans la soirée, ils passèrent l'angle avec prudence et une fois assurés de ne pas se faire attraper, ils firent le tour de la pièce.

— Je crois qu'il n'y a pas mille solutions, chuchota Ravinger.

— Vous avez bien raison mon ami, reprendre l'escalier reviendrait à nous jeter dans la gueule du loup de la même manière, répondit Ward. La logique voudrait que cette porte mène à un dédale de pièces utilisées par les employés. Avec un peu de chance, il communique avec les autres étages et le rez-de-chaussée.

Sur ces mots il ouvrit la porte la plus à gauche possible, pour se trouver nez à nez avec une penderie.

— Ou pas, dit le renard sans se démonter.

Puis il se dirigea vers la porte suivante. Celle-ci offrit plus de promesses. Les luminorbes s'allumèrent et une longue succession de casiers leur apparut.

— Oh! Mais que c'est intéressant! s'exclama Nyx à voix basse. Mon cher, je vous félicite! Vous venez de mettre la main sur le courrier privé des invités de Sa Majesté! Nous pourrions peut-être prendre quelques minutes…?

Ravinger lui jeta un regard choqué et Ward leva un sourcil affligé.

— Restez concentré, voulez-vous? murmura-t-il.

Nyx fit une moue boudeuse.

— Vous êtes durs avec moi, répondit le chinchilla. Acheter et vendre des informations est mon cœur de métier, vous savez ?

— Vous n'êtes pas ici pour apprendre où la duchesse de Glindell part en vacances, dit Ravinger.

— Pourtant cette information pourrait se révéler plus utile que vous ne l'imaginez, rétorqua le chinchilla avec un air docte.

Le blaireau serra les mâchoires et inspira à fond sans perdre de vue les sales pattes de Nyx.

— Gardez vos leçons de vilenie pour plus tard, lança Ravinger. Nous avons mieux à faire, il me semble.

— Voilà une excellente remarque, fit la voix de la grenouille.

Ils restèrent tous cois en la voyant traverser la pièce d'un mur à l'autre et disparaissant à nouveau. Il y eut un moment de silence, brisé par la voix de Ward.

— Eh bien, je suggère que nous suivions le mouvement.

— Ça ne nous a pas porté chance la dernière fois, répondit Ravinger.

— Peut-être, mais à ce moment-là, nous ne cherchions pas à passer inaperçus… dit Ward.

Le blaireau haussa les épaules et obligea Nyx à avancer pour suivre le renard. Il veilla bien à ce que ses mains de crapule ne glissent rien dans ses poches. Il avait l'impression de surveiller un gamin dans une bonbonnerie. *Comment pouvait-on être à la fois un aussi ignoble malappris et se conduire comme un enfant capricieux ?* se demanda-t-il. *À moins qu'il n'y ait là un lien inquiétant à faire…*

— Suivons le guide, déclara Ward en passant une porte.

— J'imagine que ce sont vos talents de détective qui vous amènent à pousser cette porte en particulier, railla Nyx.

— Tout à fait, répondit le renard sans se démonter.

Ravinger ne comprit tout l'humour de la situation que lorsqu'il passa lui-même le seuil de ladite porte qui indiquait « cage d'escalier ». Il soupira à l'idée que le chinchilla n'avait hélas pas fini de faire le mariolle. Cette soirée était un enfer.

Un étage plus bas ils pénétrèrent dans un interminable couloir qui longeait l'aile dans laquelle se trouvaient les cabinets de travail du Premier secrétaire et de Lord Gawlish et qui devaient sûrement mener aux appartements de la Reine.

Plusieurs portes s'offrirent à eux, mais ils n'en choisirent aucune de peur de tomber sur un des bureaux actuellement occupés par les gens mêmes qu'ils tentaient d'éviter.

— Nous devons contourner toute cette partie pour parvenir à la Tour, mais j'ai peur que ce ne soit pas si simple d'y accéder. Si tout le palais est vide, ça me paraît peu probable que l'endroit où se trouve Sa Majesté soit laissé sans surveillance.

Ils suivirent ainsi le long couloir à pas feutrés et l'oreille tendue, à l'affût du moindre bruit de pas ou de conversation qui s'approcherait d'eux.

— Vous n'avez pas choisi le chemin le plus touristique! lança la grenouille en sortant soudain la tête d'un des murs.

Ward stoppa net en retenant une exclamation de surprise, Nyx fit un bond en arrière et Ravinger étouffa un cri de douleur, car le chinchilla lui avait écrasé le pied en reculant.

Maudite grenouille! se dit le blaireau. Elle faisait vraiment tout pour qu'ils soient jetés au cachot! Que faisait-elle encore là?

— Si vous prenez la troisième à gauche, vous accéderez au petit salon où Sa Majesté prend le thé avec ses invités de marque, la collection de tasses en porcelaine est légendaire. Un peu plus loin, vous avez le cinématorium, Sa Majesté adore ce genre de divertissement, vous savez? Et les fauteuils sont chauffés. Pour la Tour c'est au fond. Prenez l'avant-dernière porte et partez directement sur votre droite pour passer dans le jardinorium. Vous y trouverez le grand escalier hélicoïdal.

Il avait fait sa tirade d'un seul coup et il fixait maintenant en silence les trois intrus. Ils restèrent ainsi quelques secondes, puis il posa son regard plus attentivement sur Ravinger.

— Oh ! s'exclama la grenouille avant de reculer pour disparaître dans le mur sans même dire au revoir.

Nyx se retourna sur le blaireau qui ne sut que dire et haussa les épaules, avouant ainsi son incompréhension totale de la situation.

— Vous nous excuserez de ne pas prendre le thé tout de suite, Ian ? demanda Ward en reprenant sa marche.

— Je crois que nous nous réserverons cela pour le petit-déjeuner, répondit ce dernier à regret en se frottant le ventre.

Et ils repartirent.

L'arbre qui cache la forêt

Ce fantôme s'était révélé fort juste en termes d'indications et quoi que Ravinger ait pu craindre, aucun garde ne les attendait tapi dans le jardinarium quand ils y entrèrent. Les dalles de pierre serpentant entre les bosquets de verdure s'illuminaient d'une douce lumière rose, bleue ou lilas tandis qu'ils avançaient à tâtons. Le doux murmure d'une fontaine ondoyait entre les bruissements de feuilles et les clapotis résonnaient entre les murs de roche enfouis derrière la végétation.

Dans cette semi-obscurité, ce qui aurait dû paraître une inquiétante forêt d'ombres menaçantes avait plutôt des airs de tranquille jardin au clair de lune. Un endroit calme et paisible où il faisait bon oublier ses soucis. Ravinger aurait d'ailleurs bien pu se laisser charmer par le parfum des fleurs et le chant de la fontaine si la voix de Nyx n'avait pas sonné à ses oreilles.

— Oh! Une *coaquaius incorporea*! Epatifiant! Vous avez vu ça? demanda-t-il en se baissant pour se coller le nez à de petites fleurs évanescentes ondulant dans une légère brise qui n'avait pas de raison d'être. Croyez-vous que… ajouta-t-il en faisant le geste d'en prendre une.

— N'y touchez pas! s'exclamèrent Ward et Ravinger en chœur.

— Vous souhaitez avoir les jardiniers sur le dos en plus du reste? déclara le blaireau.

— Si vous envisagez de vous lancer dans l'horticulture, demandez une patente aux services de sécurité et cessez de vouloir vous remplir les poches avec ce qui ne vous appartient pas! grinça Ward.

Nyx fronça le museau, retira sa main et se releva avec une moue de dédain. Quand ils sortirent des méandres d'arbustes, le fameux escalier hélicoïdal se tenait là, au cœur même de la fontaine et paraissaient ne faire qu'un avec elle. La pierre affleurait à peine au-dessus de l'eau et les ruissellements couraient autour des marches jusqu'à ce que l'escalier disparaisse dans les étages supérieurs. Le pied de l'escalier émergeait d'une mare qui semblait étrangement profonde en son centre.

— Eh bien, nous avons bien fait de prendre l'entrée des artistes, murmura Ward.

— Que voulez-vous… demanda Ravinger sans finir sa phrase.

Se retournant vers l'endroit où le renard posait son regard il aperçut une grande grille noire en fééronnerie au scintillement envoûtant. Elle était immense et particulièrement… fermée.

— Eh bien, vous pouvez remercier votre don médiumnique, railla Nyx. Il semblerait que cela nous ait permis de contourner un obstacle. Souhaitez-vous que l'on vous apporte une tablette nonja ou une boule de cristal pour nous indiquer le reste du chemin ?

— Je…

— Savez-vous faire tourner les tables ? demanda le chinchilla.

Ravinger ne chercha pas à répondre, il ne voyait même pas pourquoi il avait essayé.

— Quand vous aurez terminé, nous pourrons peut-être nous y remettre ? demanda soudainement Ward.

Personne ne répliqua, bien que la question s'adressa de toute évidence à Nyx. Mais ils savaient tous que Ward avait pour habitude de répondre à ses propres interrogations dans un monologue réflexif sans fin.

— J'avoue que je m'étonne que vous n'ayez opposé aucune résistance à suivre ce chemin jusqu'à présent. Je vous trouve extrêmement docile, ajouta le renard.

Nyx releva le menton et prit un air innocent.

— Peut-être suis-je plus gentil que vous ne l'imaginez, répondit ce dernier.

Ravinger laissa échapper un rire cynique.

— Vous plaisantez ? demanda le blaireau.

Mais la colère de Ravinger s'éclipsa derrière le ton inquiet de

Ward.

— Répondez, Nyx, reprit le renard. Je n'ai pas spécialement envie de vous traîner devant la reine, pourtant je peux vous assurer que c'est ce que j'ai prévu. Et je sais que ce n'est pas là que vous voulez vous rendre. Cependant, vous vous laissez guider sans rien dire. Je vous connais trop pour mettre ça sur le compte de votre grandeur d'âme ou votre étourderie.

Nyx resta debout sans rien ajouter et ils étaient tous deux figés dans un duel silencieux. Dans un réflexe de survie, le blaireau se recula jusqu'à se retrancher entre deux rangées de palmigères à spores luminescentes quand il sentit qu'on lui tirait la manche. Il sursauta en pivotant sur lui-même et tomba nez à nez avec la grenouille.

— Saint Kermit ! Mais vous êtes partout ! s'écria Ravinger en portant la main à son cœur qui battait à tout rompre.

— Pardonnez-moi, je ne voulais pas vous effrayer, vous savez, répondit le batracien en resserrant son écharpe autour de son cou.

— Est-ce l'ennui qui vous ronge à ce point que vous nous suivez ainsi ? demanda Ravinger en reprenant son souffle. Notez que j'apprécie, vos indications nous ont été utiles. Je doute que nous ayons passé cette grille sans cela, dit-il en faisant un vague signe de la main vers l'entrée du jardinorium.

— J'espère que ça vous plaît, Sa Majesté en est particulièrement fière, dit la grenouille en reniflant.

Un malaise s'installa. Ravinger était sur le point d'écourter la conversation pour suivre l'affrontement entre Nyx et son ami.

— Excusez-moi… ajouta-t-elle, gênée. Je ne voudrais pas vous importuner, mais… j'ai peu d'occasions de rencontrer des gens comme vous et…

— Des gens comme moi ? demanda le blaireau visiblement perdu.

— De l'amicale.

— L'amicale ?

La grenouille fit un geste vers la petite broche de la Ghost Unlimited sur son revers de veste.

C'était donc ça.

— Je vois. Que puis-je pour vous ? Je dois vous dire que le programme de cette soirée est déjà particulièrement chargé pour nous et…

— Je comprends, je comprends. Mais je me dis que si jamais… Enfin si vous aviez, à tout hasard l'opportunité…

Ravinger hocha la tête. *Qu'on en finisse.*

— J'ai si froid. Je m'en veux terriblement, c'est ma faute. Je suis tête en l'air parfois… Mais j'ai laissé mes affaires dans les appartements du deuxième étage et… disons que si vous aviez l'occasion d'y aller… C'est trois fois rien, vraiment. Mais j'y tiens tant.

— Bien sûr je comprends, répondit Ravinger.

Il en avait déjà fait l'expérience[3], les fantômes avaient un grand attachement aux objets et pouvaient difficilement passer outre.

— Je n'y ai malheureusement plus accès et… je n'ai jamais pu m'en défaire. Une si belle couverture. Toute en laine de sasquatch angora, une vraie merveille, vous savez ? Elle me manque tant. Si vous pouviez…

Le blaireau tentait de suivre ce qui se déroulait derrière lui en même temps et souhaitait écourter cette conversation. Il voulut faire le geste de lui tapoter le bras avant de se rendre compte qu'il ne toucherait pas grand-chose. Il rabaissa sa main.

— Je ferai de mon mieux. Je peux vous donner ma parole de membre de la Ghost Unlimited. Mais vous devez comprendre que je ne pourrai peut-être pas m'introduire dans un lieu où vous-même ne pouvez entrer.

— Oh, oui je comprends. Bien sûr, répondit la grenouille. Mais…

Un éclat de voix fit tourner la tête au blaireau qui s'excusa auprès du fantôme et retourna s'assurer que personne n'en était venu aux mains.

— Qu'est-ce que ça change pour vous de toute façon ? s'exclama Nyx en levant les bras. Les appartements de Sa Majesté se trouvent au même endroit que le repaire de cet ignoble Ratz Itzmin ! Ce sale

---

3 : Voir tome 3 « La tarentule bègue ».

mage de sang !

Ravinger se figea et le visage de Ward se referma.

— Bien. Au moins maintenant j'y vois plus clair, marmonna le renard en se redressant.

— Un mage de sang ?

Les mots échappèrent au blaireau qui s'étonna d'entendre sa propre voix. Le chinchilla se retourna en se frottant le front.

— Ratz Itzmin est un mage rouge du royaume de Tzipapacan, dit-il en baissant la voix. C'est un fou furieux qui utilise l'En-Dessous et les forces vitales pour pratiquer sa magie de barbare en faisant appel à des dieux assoiffés de sang. Et c'est cet individu qui conseille notre souveraine, qui la suit comme son ombre dans tout ce palais, et qui manipule sans doute ses moindres pensées. Qui sait ce qu'il fait en ce moment même tandis que le palais est quasiment désert. Qui lui opposera la plus petite résistance s'il tente quoi que ce soit cette nuit ? Qui à part nous, dites-moi ?

Ravinger et Ward se regardèrent et le blaireau sentit le doute l'envahir. *Nyx pouvait-il...*

Mais ses pensées furent interrompues par un feulement sonore qui enfla et résonna dans la tour jusqu'à devenir un grondement si grave qu'ils ressentirent les pierres vibrer sous leurs pieds.

Il y eut un échange de regards et tous se ruèrent vers l'escalier.

Un nouveau problème

Le temps d'arriver au premier étage, le feulement s'était tu et ni le tremblement de la pierre ni le clapotis de l'eau ne pouvaient dissimuler le bruit de leurs pas. Tous s'étaient immobilisés sur le palier, plongé dans une obscurité bleutée et un silence étrange. L'escalier hélicoïdal se perdait dans l'ombre des étages supérieurs.

Ward avait tendu les oreilles et les vibrisses, guettant la moindre vibration. De son côté, Ravinger en faisait autant, tout en surveillant avec anxiété du côté de Nyx, s'assurant qu'il était encore là, mais pour l'instant sa respiration saccadée trahissait sa présence et il n'était pas trop dur de le localiser… même s'ils avaient été plongés dans le noir complet.

Petit à petit, le décor se dessinait : les larges dalles de pierre claire et une immense statue qui supportait le plafond étaient éclairées par une douce lumière violette qui émanait de deux imposantes arches de chaque côté de l'escalier. Ils se rendirent alors compte qu'un grand mur coupait l'espace de la tour en deux.

Ils se lancèrent des regards entendus et avancèrent en silence vers l'une des arcades. Nyx tenta de s'échapper de l'autre côté, mais fut rattrapé aussitôt par une main de renard et une ample poigne de blaireau. Blaireau qui lui jeta un regard noir et lourd de sous-entendus qui eut presque l'air de l'amuser. Ravinger le lâcha en retenant un grommellement. Ses nerfs étaient mis à rude épreuve et c'était sans doute ce qui le rendit vulnérable à la vision qui s'offrit à lui.

Quand ils se trouvèrent dans l'ouverture de l'arche, ils découvrirent le spectacle d'une immense salle toute en pierre claire, avec en son centre un bassin en demi-cercle. La surface de l'eau reflétait les motifs déformés de vitraux gigantesques qui s'étiraient sur toute la hauteur de la pièce dans un mélange de violets plus ou moins sombres, chauds ici, froids par endroits, projetant dans la salle de sublimes striures et taches colorées. Ravinger fut sorti de sa rêverie quand il sentit qu'on lui tirait la manche.

— Ian… rien ne vous paraît curieux? demanda Ward à voix basse.

Pendant un court instant, il hésita à rire, car rien ne semblait avoir de sens depuis qu'ils avaient franchi les portes du palais quelques heures auparavant et absolument TOUT lui semblait curieux. D'autre part, il ne savait même plus quelle heure il était ni depuis combien de temps il était là. Et il n'aimait pas ça du tout. Pas plus que la présence de Nyx à leurs côtés, d'ailleurs.

Ward dut suivre le même raisonnement, car il n'attendit pas de réponse de sa part, comme d'habitude, et continua seul son questionnement tout en levant les yeux vers le plafond. *Le plafond.* Le blaireau fronça les sourcils. Il observa à nouveau les vitraux, regarda Ward et dans un même mouvement, ils attrapèrent chacun une manche de Nyx pour refranchir l'arche en sens inverse.

— Je peux marcher tout seul, vous savez, chuchota le chinchilla en secouant ses manches pour les faire lâcher prise.

— C'est bien ce qui m'inquiète, marmonna Ravinger.

Ward, lui, s'était déjà avancé dans cette partie de la pièce plongée dans la pénombre et scrutait l'espace, la truffe en l'air. Par réflexe, Nyx et Ravinger firent de même et tentèrent de décrypter quelque mystère dans l'ombre teintée du camaïeu de violets provenant de la pièce voisine.

— Il est plus bas, n'est-ce pas? … Le plafond, ajouta le blaireau.

— Oui, en effet mon ami. Il est plus bas, répondit-il en s'engouffrant à nouveau vers l'escalier.

Ravinger tapota sur l'épaule de Nyx qui faisait glisser ses doigts sur les panneaux de bois qui recouvraient une partie des murs.

— C'est du beau travail, n'est-ce pas? murmura-t-il pensif.

Puis il suivit le mouvement. Arrivé sur le palier de l'étage supérieur, Ward s'arrêta net.

— Quelque chose ne va pas, marmonna-t-il.

Sans laisser le temps aux deux autres de comprendre, il redescendit aussi sec. Le blaireau et le chinchilla l'imitèrent et faillirent se rentrer dedans quand le renard stoppa en plein milieu de l'escalier circulaire.

— Mais enfin, mais que faites-vous, Digby? râla Ravinger en reprenant ses appuis.

— Quelque chose ne va pas, répéta-t-il en faisant demi-tour et en remontant.

Ils suivirent à nouveau le mouvement, les yeux rivés sur le renard, sourcils froncés et front plissé.

Il soupira et se frotta la nuque.

— Non. Quelque chose ne va pas, conclut-il enfin en scrutant les alentours.

— Nous sommes trop montés, murmura Nyx en faisant de même.

— En effet, répondit Ward.

Un nouveau grondement résonna, plus fort cette fois, et plus présent au-dessus de leurs têtes. Le son les figea et quand il eut terminé de se répercuter dans la structure même de la tour, Ravinger se précipita dans l'escalier pour grimper à nouveau.

— Non! lança le renard en se retournant. Nous faisons fausse route. Il doit y avoir un autre accès à ces demi-étages! L'escalier central ne dessert que les niveaux principaux.

— Comment…? balbutia le blaireau en redescendant les quelques marches qu'il avait franchies.

Le renard prit une inspiration en haussant les épaules.

— Nous allons devoir trouver… et vite, répondit-il en fixant les quatre couloirs qui s'offraient à eux.

— Faisons… commença Nyx.

— N'y pensez même pas! l'interrompit le renard. Nous faisons une équipe de trois et nous restons ensemble.

— Comme vous voudrez, répliqua le chinchilla sur un ton affreusement mielleux.

Ravinger ne put réprimer une grimace de dégoût. Il détestait quand Nyx parlait sur ce ton.

— Coupons dans l'autre sens, déclara Ward en optant pour le couloir de droite qui paraissait en effet couper l'espace de la tour à la perpendiculaire par rapport à l'étage du dessous.

Si toutefois il ne s'était pas complètement emmêlé les pinceaux. Ils s'engouffrèrent donc dans un large couloir aux panneaux de bois sculptés, sans doute superbes lorsqu'ils étaient correctement éclairés, mais dont les scènes restaient mystiques à leurs yeux, plongés dans la pénombre des luminorbes bleutés qui flottaient épars ici et là.

C'est quand une porte massive se dressa au milieu du couloir que Ravinger poussa un autre soupir de découragement.

Ward tenta de l'ouvrir, sans succès et Nyx marmonna.

— Nous avons un nouveau problème.
— Oui, en effet. Nous en avons un, fit Lord Gawlish derrière eux.

De mal en pis

— J'allais vous demander ce que vous faites ici, mais à bien y réfléchir je ne veux pas le savoir, siffla Lord Gawlish en fixant Nyx. Tout ce que je sais c'est que vous n'avez rien à faire là. Et vous savez parfaitement où vous devriez vous trouver.

Il se tourna alors vers Ward.

— Vous êtes fier de vous ? Partout où vous allez vous ne faites que semer la zizanie. Vous non plus vous n'avez rien à faire là. Je ne veux pas non plus entendre vos explications. Quoi qu'il se passe, c'est de votre faute. Vous n'aviez rien à faire au palais ce soir et quand on vous a gentiment demandé de rester tranquille vous en avez été incapable ! Bien évidemment ! Vous ne savez donc pas tenir en place ?

— Vous plaisantez sans doute ! explosa Ravinger.

— Je rappelle, à toutes fins utiles, que si nous sommes ici c'est parce que vos services sont infichus d'empêcher le docteur Nyx de… bon sang, mais où est-il ?

— QUOI ??? hurla Lord Gawlish en tournant la tête de tous côtés. Mais ce n'est pas possible !! Vous êtes une catastrophe ambulante !

— Et vous un incompétent ! lança le blaireau.

— Vous je ne vous ai rien demandé ! rétorqua l'elfe.

— Taisez-vous ! s'écria Ward.

— Que se passe-t-il ? fit une voix derrière Lord Gawlish.

— Ah, Lloyd ! Vous tombez bien. Nous avons des intrus, veuillez leur faire vider les lieux, en lui indiquant Ravinger et Ward.

Le chat blanc s'avança avec un regard éberlué.

— Quoi ? bafouilla-t-il. Heu… bien.

— Et c'est sans doute vous qui allez vous occuper de Nyx ? demanda Ward.

— De toute évidence, répondit l'elfe.

Ravinger laissa échapper un rire moqueur.

— Bonne chance, dit ce dernier.

— C'est vous qui en aurez besoin quand Sa Majesté saura ce qui s'est passé cette nuit ! rétorqua Lord Gawlish.

— Ça, je demande à voir, répliqua calmement Ward.

— Allez ! Partez ! Lloyd, sortez-les-moi d'ici, je ne veux plus les voir. Enfermez-les dans une des cellules de l'aile est.

Le chat blanc hocha la tête et fit signe au blaireau et au renard de le suivre. Ravinger jeta un regard à Ward qui opina du chef à son tour. Déconfit et outré, le blaireau suivit le mouvement tandis qu'ils redescendaient l'escalier central vers les étages inférieurs. Au moment de passer le premier étage avec ses éclats de lumière violette et bleutée, Ravinger lança :

— Vous êtes d'un naturel patient… C'est heureux.

Lloyd laissa échapper un petit rire.

— Je le suis, c'est sans doute dans mon caractère, répondit le chat. Et il n'est pas comme ça tous les jours. C'est sûrement à votre contact.

Ce fut au tour de Ward de rire.

— Ce n'est pas impossible, lança le renard. Il paraît que je fais souvent ça aux gens.

Le chat leva un sourcil amusé, mais ne répondit rien.

Quand ils débouchèrent sur le jardinarium, le bruissement des feuilles et le clapotis de l'eau envahirent à nouveau l'espace.

— Tout de même, je n'aurai pas fait le voyage pour rien, déclara le blaireau.

Ward haussa un sourcil curieux.

— Que voulez-vous dire ? demanda Lloyd.

— Je crois que peu de gens peuvent se vanter d'avoir approché de si près les appartements de Sa Majesté et d'avoir pu voir de leurs yeux sa chapelle privée et son jardinarium. Mais peut-être n'y faites-vous plus attention à force, répondit Ravinger.

— Sans doute que j'y prête moins d'intérêt qu'à mes débuts, mais mon travail ne consiste pas à m'extasier devant la beauté des lieux.

— Quel dommage.

Le chat haussa les épaules.

— Oh ! Ça alors ! N'est-ce pas fascinatoire ? Digby ! Regardez ! lança d'un coup le blaireau en se faufilant dans une allée entre deux buissons.

Le renard le suivit aussitôt et Lloyd leur fila le train aussi vite qu'il le put pour les rattraper quelques mètres plus loin et les trouver le nez penché sur le sol.

— Qu'est-ce que vous faites ? Écoutez, je suis navré de vous dire ça, mais nous n'avons pas le temps de faire du tourisme. Je dois…

— Par tous les herboristes ! C'est extraordirifique ! s'exclama à nouveau Ravinger en galopant derrière un autre massif.

Digby lui courut après, amusé, suivi par le chat blanc qui commençait à perdre patience.

— S'il vous plaît ! déclara-t-il en les rattrapant près d'un petit arbuste planté au milieu de minuscules graviers proprement ratissés.

— Savez-vous ce que c'est ? demanda le blaireau en se tournant vers Lloyd.

— Non, mais…

— Venez voir ! Vous n'en avez pas l'occasion si souvent, dit Ravinger le nez penché sur la plante, ses doigts frottant les feuilles.

— Bon d'accord, mais…

Lloyd ne termina pas sa phrase. Pas tout de suite. D'abord, son museau frétilla et une étincelle de curiosité s'alluma dans son regard.

— Nom de Zous ! Ça sent bon ! s'exclama le chat en se penchant.

— N'est-ce pas ! répondit Ravinger.

Lloyd prit une grande inspiration tout en continuant à s'approcher du buisson. Les feuilles lui chatouillaient désormais les babines et il avait commencé à se frotter la tête contre les branches.

— Qu'est-ce que c'est ? articula-t-il péniblement en tournant vers le blaireau des yeux ronds aux pupilles totalement dilatées.

Ravinger se redressa au moment où Lloyd s'effondrait en ronronnant au pied de l'arbuste.

— De la *cateira nepeira*, répondit-il avec un sourire. De l'herbe à chat.

Il se tourna vers Ward qui contenait à peine son hilarité.

— Mon cher, je vous tire mon chapeau ! Je n'ai pas compris de suite ce que vous aviez en tête, mais vous avez berné notre compagnon avec une grande maestria ! déclara Ward en lui tapant sur l'épaule.

Ravinger releva le menton.

— Les plantes et la cuisine ont toujours fait bon ménage. On ne se méfie pas assez des cuisinières, dit Ravinger avec une pensée pour leur logeuse et ses gâteaux.

Son ventre gargouilla à l'idée d'une tasse de thé bien chaude accompagnée d'un petit sablé croquant au sucre. *Maudite soirée.*

— On le laisse là ? demanda timidement le blaireau en jetant un regard à Lloyd qui se roulait dans les graviers, les yeux fermés, en serrant contre lui une branche de *cateira.*

— Combien de temps cela va-t-il faire effet ? s'enquit Ward.

Ravinger haussa les épaules.

— Au moins une heure, après ça dépend s'il s'endort ou pas, j'imagine.

— Bien, cela nous libère d'un problème.

— Peut-être, mais nous ne pouvons pas remonter, nous allons nous retrouver face à qui vous savez, lança Ravinger en mimant des oreilles pointues avec tout le dédain qu'il avait à sa disposition.

— À l'heure actuelle, je ne sais pas ce qui m'inquiète le plus : cet elfe prétentieux et incompétent ou le fait que Nyx rôde quelque part dans cette tour libre de commettre je ne sais quel méfait…

Le visage de Ravinger se ferma et il hocha la tête en silence.

Les habitudes ont la vie dure

Ward fronça les sourcils.

— Venez, je veux vérifier quelque chose.

Il fila entre les buissons et les arbustes, libérant des parfums entêtants au passage et illuminant les dalles à chaque pas.

— C'est-à-dire ? demanda Ravinger.

— Je pense que l'intérêt de Nyx pour les panneaux de bois de l'étage n'était pas innocent. Le volume de la pièce était différent.

— Oh. Et donc vous croyez que des passages existent dans ces murs ?

— Mmmm, non. Pas dedans. Mais contre. J'imagine qu'il y a… disons comme une double paroi. Ça me paraît assez invraisemblable que les appartements de la reine n'aient qu'une seule entrée et une seule sortie. Tous les palais royaux ont une sortie de secours pour évacuer leur souverain.

— Oh, je vois. Vous faites sans doute référence à l'anecdote de la fuite du roi Nikoterinov II lors du soulèvement des Ours.

— Vous êtes versé en histoire. En effet. Une partie de la famille royale a réussi à s'échapper, et je n'explique pas comment si ce n'est par ce moyen. Je ne veux pas croire que notre bien-aimée souveraine n'a pas pensé à ce genre de chose.

— Logique. Surtout au vu du passage qui mène à l'aile est. J'imagine qu'il existe un passage similaire pour rejoindre l'aile centrale.

— Je le crois aussi, déclara Ward en scrutant les lianes recouvrant les murs de pierre du jardinarium.

Une ombre blanchâtre passa dans le champ de vision du blaireau. Il tourna la tête, mais ne vit rien et n'entendit rien de plus que le glougloutement de l'eau et le froufroutement des feuilles. Et le ronronnement de Lloyd, s'il tendait vraiment l'oreille.

Poussé tout de même par la curiosité et la crainte de se faire à nouveau surprendre par un des sbires de Lord Gawlish, il s'écarta de Ward pour inspecter les allées quelques pas plus loin, longeant sans cesse le mur, sans perdre Ward de vue.

Il s'arrêta entre deux bosquets, le regard fixé sur une dalle en pierre en plein milieu d'un massif. Le lierre était toujours là, recouvrant les pierres du mur de la tour, mais il avait l'air de contourner… Peut-être…

Ravinger avança prudemment la main pour tâter la maçonnerie, mais à l'instant où il s'apprêtait à toucher la pierre sèche, une tête de grenouille blanchâtre apparut.

— Alors ? Vous venez ? demanda cette dernière en reniflant. Je meurs de froid, moi.

Le blaireau ne put retenir un petit cri de surprise et porta la main à sa poitrine. Tout son corps avait bondi en arrière et son cœur continuait le mouvement dans son poitrail.

— Purin de purin ! lâcha Ravinger. Vous ne pouvez pas arrêter de faire ça ?

Mais la grenouille avait disparu dans le mur au lieu de répondre. Entre-temps, Ward s'était précipité vers son ami, alerté par son exclamation de stupeur.

— Oh, je vois que votre ami nous a retrouvés.
— Ce n'est pas mon ami, et il a failli me faire passer de l'autre côté. J'ai cru défaillir, dit-il en reprenant son souffle.

Sans un mot de plus, ils s'avancèrent tous deux sur la dalle pour palper le mur jusqu'à ce qu'une partie de celui-ci pivote. Un long couloir et une série d'escaliers s'illuminèrent.

— Espérons que Lord Gawlish n'emprunte pas ces passages… lâcha Ravinger.

— Comme vous dites, répondit Ward en s'engageant dans la double paroi de la tour.

Arrivés à l'étage, ils reconnurent l'arrière des panneaux de bois que Nyx avait observés et repérèrent la porte qui menait à ce niveau.

— Allons ! lança Ward pour les motiver à grimper encore.

Ravinger commençait à souffler. La nuit était longue et il en avait assez de monter et descendre des étages. Il jeta un regard fatigué vers le palier supérieur.

— La bonne nouvelle, c'est que nous avons apparemment trouvé comment atteindre les demi-étages… dit le blaireau.

— La mauvaise, c'est que je suis persuadé que Nyx aussi.

Ravinger souffla. Il en avait ras les moustaches de cette soirée, de Nyx, de Lord Gawlish et de ses oreilles pointues. Il voulait régler cette affaire et rentrer prendre le thé. Et ne plus quitter son salon pendant au moins une semaine. Au lieu de ça, il suivit Ward dans les escaliers. Encore.

Arrivé sur le palier du demi-étage, Ravinger fit de son mieux pour calmer sa respiration de peur que celle-ci ne le trahisse. Ward quant à lui, faisait courir ses mains sur les panneaux de bois.

— Il semblerait que cette paroi s'ouvre. Je sens les gonds, ici, murmura-t-il avec un geste de la main.

Quand Ravinger s'avança pour entrer, le renard lui fit signe de s'arrêter.

— Trouvons d'abord le panneau de contrôle des luminorbes. Ce serait vraiment dommage d'avoir fait tout ça pour se faire attraper en signalant notre présence par une porte grande ouverte sur un couloir lumineux au milieu d'une pièce sombre, ajouta Ward.

— J'ai toujours adoré les démonstrations de logique, fit la voix de la grenouille derrière eux.

Ravinger eut l'impression de quitter son corps pendant un instant, dans l'effort qu'il avait fait pour ne pas crier et ne pas sursauter.

— Pour l'amour de toutes les créatures à fourrure de cet univers!!! Pourriez-vous perdre cette habitude? s'exclama Ravinger en chuchotant.

S'il l'avait pu, il aurait étranglé cette stupide grenouille. Quelque part, il commençait à se demander si elle ne rôdait pas dans les couloirs pour faire mourir de peur les pauvres gens afin d'avoir de la compagnie. À moins que ce ne soit une autre mesure de sécurité complètement tordue issue du cerveau atrophié de cet elfe maudit.

La grenouille ne lui laissa pas le temps de poser la question. Elle releva le menton en une moue boudeuse, lança son écharpe par-dessus l'épaule et passa à travers le mur à nouveau.

— Vous l'avez vexé, dit Ward.

Ravinger grogna et se massa les tempes avec une pensée pour le gâteau double crème qu'il mangerait en rentrant.

À tâtons

Quand ils ouvrirent enfin le panneau de bois, ils ne virent pas grand-chose, mais eurent très vite deux certitudes : la première c'est que la pièce était grande, et la deuxième qu'ils n'étaient pas seuls. Ce qui pouvait être une bonne, comme une mauvaise nouvelle. Ravinger savait qu'il voulait éviter à tout prix le zozo aux oreilles pointues qui déambulait dans les couloirs en les prenant pour des repris de justice et des rebuts zoologiques. Mais il avait conscience que se laisser surprendre dans le noir par un criminel notoire n'avait rien de particulièrement engageant comme perspective non plus. Si on dit que de deux choix il vaut mieux opter pour le moins pire, dans ce cas précis, Ravinger n'était pas sûr. Les oreilles et les vibrisses aussi tendues que ces mains devant lui, il avançait à tâtons en veillant à avoir la patte la plus légère possible.

Il sentait que Ward se déplaçait juste à côté de lui et un subtil frottement lui fit dire qu'il avait gardé une patte sur le mur pour se guider. Ce qu'il s'empressa de faire également, et sa main se posa sur une longue rangée de vieux livres reliés. L'odeur aurait dû lui mettre la puce à l'oreille. Ça sentait… la vanille. Les vieux livres sentaient toujours la vanille. Mais pas que.

Ses yeux commençaient à s'habituer à la très faible lueur des luminorbes bleutés. Quand il put enfin se faire une idée de la pièce, il trouva soudain le plafond bien bas après la visite de la chapelle et du jardinarium… Ces lieux hors proportions vous faisaient perdre toute notion de normalité. En réalité, le plafond n'était pas plus bas que celui du 881b… où il aurait bien aimé être…

Les murs étaient couverts de livres et des scriptoriums et des tables de travail occupaient le centre de la pièce, au milieu d'un labyrinthe de petites étagères qui arrivaient à hauteur de poitrine. Elles étaient elles aussi remplies de livres et parfois recouvertes d'objets difficilement identifiables. Des statuettes peut-être ? Des roches ?

Étrange. Il n'avait pas imaginé la reine dans un tel lieu. Sa Majesté devait certainement lire, mais… Ravinger n'avait pas pensé que ce fut dans un endroit comme celui-là. Quelque chose de plus… confortable sans doute… ou plus vert. Ici, il n'y avait même pas de fenêtre. En dehors de la lumière des luminorbes, rien n'éclairait la pièce.

Ward stoppa net et Ravinger l'imita. Une ombre avait bougé. Mais une ombre dans l'ombre… Le poil du blaireau se dressa. Un bruit de pas plus étouffé se fit entendre et ils restèrent immobiles et silencieux. Puis une voix qui devint forte et claire quand une porte s'ouvrit, découpant une forme jaune et aveuglante dans le noir de la pièce. Dans la lueur soudaine, la silhouette de Nyx se dessina juste devant Ward, qui fut très rapide. Il jeta une main en avant attrapa l'ombre du chinchilla pour la tirer sans ménagement vers le sol. Le blaireau les imita tandis qu'un rai de lumière balayait la salle.

— Je ne vois pas comment il serait entré ici, fit une voix.

— Ce n'est pas ce que je vous demande, fit la voix de Lord Gawlish. Je vous ai seulement dit de vous assurer que l'étage était vide, alors faites ce qu'on vous dit et cessez de discuter.

Toujours aussi aimable, se dit Ravinger en priant tous les dieux disponibles qu'aucune oreille ne dépassait et qu'ils n'allaient pas se faire attraper. Au son de la voix de l'elfe, Nyx s'était figé. S'il avait tenté de résister à la poigne de Ward, il avait vite compris que ce n'était pas son plus gros problème. Ravinger sourit en se disant que Nyx devait sans doute apprécier ce Lord Gawlish autant que lui. Ça leur faisait un point commun. Cette idée fit disparaître son sourire aussitôt.

Le rai de lumière continuait de se balader de droite à gauche et des pas semblaient se rapprocher. Lentement. Méthodiquement. Leur misérable cachette, derrière une étagère de livres, ne résisterait pas à une fouille en règle de la pièce. Même dans le noir.

Quand la lueur éclaira le rayonnage au-dessus de leurs têtes, le blaireau se crut perdu, mais n'osa pas bouger une moustache, et d'ailleurs, Nyx et Ward restèrent immobiles eux aussi. Puis un autre feulement résonna et un nouveau grondement fit vibrer la tour. Les livres tressautèrent sur les étagères et les plumes métalliques tintèrent dans les bocaux de verre, les encriers cliquetèrent, les flacons remplis de liquides sombres s'entrechoquèrent et la lumière s'éteignit dans un juron.

— Allez, reviens, y a rien de toute façon, fit une voix.
— Mais… bredouilla quelqu'un d'autre.
— Viens, je te dis. Tu vois qu'y a rien, répéta la voix en faisant à nouveau valser la lumière au-dessus des têtes des trois compères couchés sur le sol.

Puis, les pas s'éloignèrent, et la porte se referma. Le clic du penne fut suivi d'un soupir général, qui sembla résonner dans le silence qui s'était abattu sur la tour après ce nouveau grondement inquiétant. Plus grave. Plus puissant peut-être.

— Mes félicitations, murmura Nyx, non seulement vous avez semé Lord Gawlish, mais vous m'avez retrouvé avant lui.
— Je sais que vous auriez sans doute préféré continuer vos manigances sans nous collés à vos basques, mais je ne vous fais pas confiance au point de vous laisser rôder dans les appartements de Sa Majesté sans escorte, répondit Ward.
— Dans ce cas, vous pouvez partir sans vous inquiéter de rien, nous ne sommes pas dans les appartements de la reine, répondit Nyx.
— Ça, je l'avais remarqué. Mais qui me dit que vous n'avez pas prévu d'y faire un tour ? Vous avez beau nier, je préfère par principe ne pas vous faire confiance. Et je sais d'avance que vous allez prendre vos grands airs choqués, ne vous donnez pas cette peine, ça ne changera rien, répondit le renard.
— Pardonnez-moi, mais, où sommes-nous alors ? demanda Ravinger.

Ward se releva, imité par Nyx, puis le blaireau suivit le mouvement.
— De toute évidence, dans l'étude de Ratz Itzmin, marmonna Nyx en sortant un volume d'une étagère.

Puis il referma le livre et montra la couverture à Ravinger avant de le remettre en place. « Rituels de l'ombre ». Les caractères à demi effacés parlaient d'eux-mêmes et Ravinger détesta l'air de suffisance qu'afficha Nyx en cet instant.

— Vous pensez toujours que je vous ai menti ?

— Vous m'avez menti en prétendant que la Reine nous avait fait mander, en tous cas, répondit Ward

— Très bien, dans ce cas, je vous laisse vous diriger vers les appartements de Sa Majesté. Ne venez pas vous plaindre quand vous les trouverez vides. Pour ma part, je compte bien trouver la salle de rituel du « conseiller » et l'empêcher de continuer ce qu'il est en train de faire.

— J'aimerais déjà savoir ce qu'il est en train de faire.

— Bien, dans ce cas, cessons de tergiverser. Et allons-y, lança Ravinger qui avait déjà retraversé la pièce et ouvert le passage secret.

— Ah, ce n'est pas trop tôt, fit à nouveau la voix de la grenouille depuis le couloir.

Une impression de déjà-vu

— Mais vous ne faites jamais de pause vous ? demanda Ravinger en se tournant vers la grenouille.

— L'avantage de ma condition sans doute, répondit le fantôme.

Ward avait contraint Nyx à le laisser passer devant afin de le replacer entre lui et Ravinger. Et derrière Ravinger, la grenouille.

— Si vous me collez aux basques pour que je vous rende votre jeté de lit…

— Ma couverture !

— Oui, votre couverture, ce n'est pas la peine. Je ne l'ai pas. Je n'ai pas eu l'occasion de fouiller les placards du palais.

— Oh, vous n'en aurez pas besoin, répondit la grenouille en remontant son écharpe.

— Comment ça ?

— Eh bien, vous savez quand je suis… *parti*… j'ai tout laissé en plan et… certaines affaires sont juste… restées là.

— Là ? Vous voulez dire ici ? Mais…

— Oh, soyez gentils, ramenez-la-moi. Une belle couverture angora écrue avec des carreaux verts. Elle me tenait si chaud et elle était si douce. On s'attache à si peu parfois… Regardez près de la cheminée, je crois qu'elle est demeurée à cet endroit.

— Et vous ne pouvez pas…

— Oh non. Non, pas ici. Le nouveau locataire a… installé une barrière, répondit la grenouille en approchant la main de la fausse cloison et l'air vibra. Il n'aime pas trop les esprits éthérés. Mais je ne lui en veux pas vous savez, chacun a besoin d'une vie privée.

Ravinger aurait espéré répondre quelque chose, mais Ward avait déjà ouvert le panneau qui menait au demi-étage supérieur et il ne voulait pas perdre Nyx de vue.

Quand Ravinger s'engagea dans la pièce, il découvrit avec une certaine gêne qu'ils s'étaient introduits dans les appartements privés de quelqu'un. Quelqu'un qui n'était pas Sa Majesté et qui par élimination ne pouvait être que le conseiller. Ravinger se demanda si on pouvait évaluer la dangerosité de quelqu'un à son lieu de vie, qui plus est à sa chambre et ne put s'empêcher de se demander à quoi pouvait bien ressembler la chambre de Nyx. Dormait-il sur un matelas de plumes de cracoucass calé sur une pile des ossements de ses victimes ou pire… recouvrait-il ses sols des pelisses de ses ennemis ? Le blaireau en eut un frisson de dégoût. *Quelle horreur.*

Ce qu'il avait pris pour des rideaux était en fait d'immenses tentures colorées aux lignes horizontales et aux motifs géométriques qui se répétaient à l'infini sur les tapis et les coussins qui jonchaient le sol et couvraient les murs un peu partout. Pas exactement le genre d'ambiance que Ravinger s'attendait à trouver dans l'antre d'un malfaisant personnage dont l'ombre planait sur l'avenir de tout un royaume, les clichés ont la vie dure. En y regardant d'un peu plus près, et en s'habituant aux couleurs vives qui menaçaient de décoller la rétine d'un profane, le blaireau discerna vite deux espaces bien distincts. Une sorte de chambre, avec une natte posée devant une cheminée et un autre espace encombré par un escalier en colimaçon qui menait à l'étage supérieur d'où de sombres murmures et des grognements semblaient provenir. Ils produisaient un vrombissement qui paraissait calé sur de faibles pulsations lumineuses bleutées. Rien de plus. Un coup d'œil jeté à Ward et Nyx lui fit vite comprendre qu'ils avaient décidé de s'intéresser à cette partie de la pièce, guettant l'autel au pied de l'escalier sur lequel s'entassaient des statuettes, des épis de maïs séchés et des bols en pierre polie, dont certains contenaient des boules en pierre de différentes tailles. De grandes étagères remplissaient les rares murs qui n'étaient pas garnis de tentures et croulaient sous des tas de livres et d'objets en tous genres. Un décor qui devait sembler familier à Ward, se dit le blaireau.

Il en profita pour se tourner vers la cheminée. S'il voulait que ce fantôme lui lâche la grappe et qu'il évite de le hanter pour toute l'éternité, il fallait qu'il mette la main sur cette couverture. Si c'était le prix de sa tranquillité, ce n'était pas si cher payé. Et peut-être que ce maudit revenant arrêterait de renifler.

En pivotant vers la natte qui servait de toute évidence de lit, Ravinger fut à nouveau assailli par les couleurs et les motifs des multiples couvertures et tapis étalés un peu partout. Il se fit la réflexion que sans ses séjours répétés chez sa sœur, il serait devenu aveugle rien qu'en tournant la tête. Le blaireau fit d'ailleurs le vœu silencieux que sa sœur ne décide pas de tout redécorer en fuchsia, il n'était pas sûr d'y survivre. Le jaune avait été douloureux, le vert malaisant, mais ce rose était d'une violence peu commune. Si jamais Fannie devait avoir une nouvelle lubie, il ferait son possible pour l'orienter vers un camaïeu de bleus. C'était plus prudent, le bleu. Malheureusement, à ce stade, il ne savait pas à quel point il serait détrompé à l'avenir. Ce qui occupait davantage ses pensées, c'était la dissonance entre le portrait dressé par Nyx et l'ambiance qui se dégageait de ce lieu. En dehors des couleurs vives, il en émanait une certaine simplicité. Qui dans ce palais dormait par terre ? Du peu qu'ils avaient vu de l'appartement des De Buchan, il était évident qu'ils ne couchaient pas à même le sol ! Et d'ailleurs, Ravinger lui-même… Le blaireau secoua la tête. Ce n'était pas le moment de se perdre en conjectures.

Il se tourna vers la cheminée qui crépitait doucement faisant danser la lueur de ses flammes sur les tissus chamarrés. Dans cet arc-en-ciel, il ne devrait pas être si difficile de retrouver une couverture blanche, fût-elle à carreaux verts. Et pourtant. Rien ne lui sautait aux yeux. L'âtre quant à lui était en partie enchâssé dans le mur et rien de particulier ne dénotait : la réserve de bois, les chenets, d'autres tentures…

Il s'assit un instant sur un vieux pouf qui datait visiblement d'un autre âge et regarda les flammes un moment danser sur la pierre du mur. Un renfoncement l'intrigua et en y apposant la patte, la pierre recula dans un bruit de frottement, un *clac* suivit et quelque chose se déplaça dans la paroi. Le blaireau s'immobilisa.

— Que faites-vous ? murmura la voix de Ward de l'autre côté de la pièce.

Ravinger ne répondit pas et passa prudemment sa main sur la partie du mur qui avait paru bouger. Celle-ci pivota et quelque chose de clair lui apparut. Quelque chose de clair avec des carreaux verts.

— Je crois que j'ai accompli ma mission, murmura le blaireau.

Plongeant la patte dans la cachette, Ravinger en sortit en effet une couverture angora de fort belle facture dont les entrelacs d'un vert émeraude formaient des carreaux qui partaient légèrement en biais. Elle était pliée proprement et ficelée avec d'autres effets. Le blaireau retira le tout, referma la cachette en veillant à faire le moins de bruit possible et maudissant ces gens qui ressentaient le besoin de placer des caches secrètes partout. Surtout pour y mettre du linge de maison. En se relevant, quelque chose glissa d'entre les plis de la couverture et Ravinger vit le petit objet rectangulaire tomber vers le sol comme au ralenti, puis le blaireau amorça une remontée du genou en même temps qu'une torsion du buste tandis qu'il jetait son bras vers le sol dans un mouvement désespéré pour éviter le bruit tonitruant du choc contre le dallage. Mais l'objet rebondit sur sa jambe, sa main se referma sur le vide, la chose ricocha sur son bras et dans une ultime tentative il se plia en deux, le nez enfoui dans la couverture qu'il tenait toujours, coinçant ainsi l'objet du délit contre sa poitrine dans laquelle son cœur battait à tout rompre.

Ravinger eut besoin d'un instant pour recouvrer son calme et entamer de se déplier prudemment quand des échanges lui parvinrent.

— Je ne sais pas ce que vous avec en tête exactement, mais je vous préviens : je ferai en sorte de vous en empêcher ! fit la voix chuchotée de Ward.

La remarque fut suivie d'un grommellement de Nyx. Soulagé que la remarque ne lui soit pas adressée, le blaireau appuya lentement son séant sur le pouf pour se redresser en douceur et récupérer l'objet qui avait failli trahir leur présence. Il tâta la couverture pour s'assurer que rien d'autre ne risquait de s'en échapper et une fois soulagé, étudia la petite chose rectangulaire qu'il tenait dans la main et qui n'était autre qu'un… livre ancien. Non, un vieux journal. Ravinger soupira. *Tout ça pour ça, quelle histoire.*

Confrontations

Ward avait tous les sens en exergue. Il était concentré sur son analyse du lieu tout en guettant chaque mouvement de Nyx. Il suivait avec attention le déplacement de l'odeur de sa cire à moustache dans son environnement immédiat afin de s'assurer de sa présence à ses côtés quand il ne pouvait pas le suivre des yeux ou le tenir par la manche. Ça se révélait aussi pénible que de surveiller un enfant de cinq ans qui voulait toucher à tout et glisser des bibelots dans ses poches. *Insupportable.*

Il détourna le regard de l'autel parsemé de bougies brûlant lentement entre les pots en céramique et les boules de pierre polie. Quelques statuettes peintes ici et là se disputaient la vedette à qui aurait les couleurs les plus vives, entre elles et les tentures qui recouvraient les murs derrière l'autel.

Le renard fit glisser une patte le long de la rampe de l'escalier trônant au milieu de cette partie de la pièce. Il était pratiquement cerné par les tapisseries et quelques bouts de murs avaient réchappé à cette frénésie textile pour y entasser des livres et des bibelots curieux sur des rayonnages. Il aurait pu y voir un écho de son propre environnement si cela n'avait pas impliqué d'avoir autant de couleurs au même endroit. Heureusement que l'éclairage était bas, ou tous ces roses et ces verts l'auraient sans doute rendu aveugle.

— Bon sang, Nyx, reposez ça! Vous ne pouvez donc pas vous en empêcher n'est pas? C'est plus fort que vous? lança Ward à voix basse.

Il parcourut l'espace qui les séparait et rejoignit ce dernier devant les étagères.

— Détendez-vous, mon cher, répondit le chinchilla en redressant ses oreilles rondes. Admirez plutôt les plus anciens ouvrages de magie rouge de l'Empire Mayanahuatl, déclara-t-il en lui tendant un recueil jauni et craquelé par le temps et l'usage.

Ward s'en saisit et observa le livre. Il feuilleta brièvement et remarqua des annotations récentes sur un bon nombre de pages.

— Je suppose qu'il en est de même sur la plupart de ces ouvrages, dit Nyx en faisant un signe désignant les multiples volumes de la bibliothèque. Vous pensez toujours que j'affabule ? demanda-t-il en levant un sourcil.

— Je pense que votre insistance ne joue pas en votre faveur. Vous pointez savamment du doigt tout ce qui pourrait nous faire douter, ça ne veut pas dire que vous avez raison.

— Mais ça ne veut pas dire que j'ai tort.

Ward émit un grognement agacé.

— J'apprécierais d'en discuter avec les concernés. Je vous l'ai déjà dit, vous n'avez rien de mieux à m'offrir que du discours rapporté et j'aime les nouvelles fraîches autant que les sources fiables, ce que vous…

— N'êtes pas. Je sais, vous le me le répétez assez. Et je vous ferai remarquer que je pourrai en prendre ombrage et me vexer. Pourtant, il me semble que je fais preuve de beaucoup de courtoisie.

— Épargnez-moi le crédo sur votre éducation et votre soi-disant bonne volonté. Vous servirez ça à la reine.

— Avec plaisir, répondit Nyx en se lissant la fourrure argentée des bas-joues.

Un claquement lui parvint de la pièce voisine.

— Que faites-vous ? murmura-t-il à l'attention de Ravinger.

Il y eut un silence durant lequel il fixa Nyx et la voix étouffée de Ravinger se fit enfin entendre :

— Je crois que j'ai accompli ma mission, fit le blaireau.

Le renard soupira et un flash lumineux provenant du haut de l'escalier attira leur attention. Ils se lancèrent un regard et Ward atteignit les marches avant le chinchilla. Grimpé sur la première marche, une main posée sur la rampe en bois vernis, il se tourna vers lui.

— Je ne sais pas ce que vous avec en tête exactement, mais je vous préviens : je ferai en sorte de vous en empêcher.

— Comme toujours. Et je ferai en sorte de recommencer. Vous

avez choisi votre camp, et moi le mien, nous voilà coincés face à face. Ce n'est pas la première fois, et ce ne sera pas la dernière.

Ward ne répondit pas et ils échangèrent un regard lourd de sous-entendus, puis le renard se retourna pour monter lentement et silencieusement les marches.

Le palier qu'ils atteignirent était sombre et étroit et un rideau occultait en grande partie ce qui se passait derrière. Seuls quelques flashs de lumière bleutée et violette leur parvenaient parfois. Une voix grave psalmodiait des mots incompréhensibles et émettait des grognements sourds.

Ward saisit un pan du rideau et Nyx attrapa l'autre et chacun tira doucement pour apercevoir la scène tout en espérant ne pas être vu.

Une large arche menait à un espace rond plongé dans la pénombre et éclairé faiblement par des lueurs inquiétantes qui serpentaient à la surface d'un grand miroir sombre. Il paraissait fait de pierre polie et sculptée sur tout son pourtour de créatures menaçantes à la gueule ouverte et aux langues pendantes qui ondulaient entre des crocs redoutables. Quelques luminorbes d'une vacillante clarté violine flottaient en cercle tandis qu'une forme noire indistincte voletait au centre de… *d'un cercle de rituel,* réalisa Ward. Nyx dut le comprendre au même moment, car il lui jeta un regard de fierté supérieure. Ward serra les babines et reporta son attention sur le cercle. Un grand léopard se tenait dos à eux et faisait de larges gestes en marmonnant des incantations dont le renard ne parvenait pas à saisir le sens. De toute évidence, c'était lui le fameux conseiller dont Nyx lui rebattait les oreilles depuis leur arrivée. Qu'avait-il bien pu faire pour mériter autant l'intérêt de Nyx ? C'était toute la question.

Question que Ward n'eut pas loisir de se poser deux fois, car en un éclair, il avait écarté le rideau et s'était élancé vers le cercle de rituel et le grand Conseiller affairé à réciter ses formules. Sans un mot, Ward s'élança et plongea pour se saisir des jambes du chinchilla et les rassembler contre sa poitrine. Le choc ne tarda pas. Avec ses deux jambes prisonnières de la prise du renard, il tomba de tout son long vers l'avant dans un lourd bruit mat.

— Non ! Non ! Lâchez-moi, bon sang ! s'écriait Nyx en se tortillant et poussant sur la tête de Ward pour le faire lâcher prise.

— Hors de question, articula le renard en serrant autant que possible ses bras et ses jambes autour de Nyx. Je vous ai dit que je voulais des réponses.

— Et de toute évidence, vous êtes pénible au point de ne pas partir sans, fit la voix de Lord Gawlish.

La dure réalité

— Vous êtes une plaie ! lâcha l'elfe en se jetant sur Nyx pour lui immobiliser les bras. Vous êtes pire que les nuées de manterelles ! Pire que les longues lignées de tous les nains de toutes les mines réunies ! Vous êtes sans doute la pire malédiction qu'il m'ait été donné d'expérimenter depuis mon arrivée au palais.

— Dans ce cas, je vous suggère de sortir plus souvent, car vous avez vu trop peu de choses en ce bas monde, rétorqua Ward en tenant toujours Nyx qui gigotait dans tous les sens.

— Restez tranquille, par les grandes oreilles de Filendal ! s'écria Lord Gawlish en contorsionnant les bras du chinchilla dans son dos.

— Vous froissez mon costume ! lança Nyx d'une voix étouffée tout en continuant à se tortiller. Lâchez-moi, par tous les rats de Fammelin. Vous pensiez vraiment que j'allais sagement attendre derrière mon bureau que vous et ce sale mage arriviez à vos fins ? Je sais que vous voulez vous débarrasser de moi depuis que je suis ici ! Qui sait ce que vous fomentez pour arriver à vos fins… C'est bien de vous ça ! Un sous-produit humain et un félin… vous êtes faits pour vous entendre ! cracha le chinchilla avec dégoût.

— Taisez-vous, misérable ! rétorqua l'elfe avec mépris.

— Écoutez-moi bien, je veux la vérité, ou je me jette moi-même au milieu de ce cercle pour arrêter ce rituel ! cria Ward.

— Vous ne vous approcherez pas de Sa Majesté ! hurla l'elfe.

Ward se figea et releva la tête autant qu'il put pour fixer la figure au centre du cercle, mais il ne vit rien de plus qu'une forme ovoïde et sombre, comme enroulée dans… des bandelettes.

— C'est… la reine ? balbutia le renard.

Lord Gawlish comprit ce qui allait se produire, mais trop tard.

Ward desserra son emprise sur Nyx qui rua et envoya l'elfe valser sur le côté. Il roula d'un côté, se cabra pour se retrouver à nouveau debout avec face à lui Lord Gawlish qui bloquait le passage vers le cercle de rituel et Ward qui obstruait celui vers les escaliers. Sans plus réfléchir, il fit demi-tour pour se jeter dans l'obscurité.

— Je ne me laisserai ni emprisonner ni exécuter par des laquais de votre espèce ! marmonna Nyx en disparaissant.

Et on entendit un panneau s'ouvrir et une cavalcade dans les murs. L'elfe et le renard restèrent face à face quelques secondes. Lord Gawlish étouffa un juron, mais demeura immobile et reporta son attention sur Ward. Au moment même où le renard donna une impulsion pour aller de l'avant, une main s'abattit sur son poignet.

— Je vous en conjure, mon ami ! Ne faites pas ça ! fit la voix de Ravinger, essoufflé.

Lord Gawlish était figé, les yeux écarquillés passant du blaireau au renard. Et un nouveau grondement assourdissant retentit qui fit trembler à nouveau la tour.

Lord Gawlish se couvrit les oreilles avec une grimace et se voûta légèrement tandis que Ward se retournait pour s'accrocher à la rambarde de l'escalier avec Ravinger.

— Expliquez-vous ! hurla le renard pour se faire entendre par-dessus les feulements et les vibrations sonores.

— Nous avons été manipulés depuis le début ! Quoi que Nyx ait voulu faire, je suis certain que la reine n'est pas en danger ! cria Ravinger.

Lord Gawlish afficha un air sombre et Ward une moue sceptique.

— Je sais de quoi ça a l'air, mais… vous devez me croire. Sa Majesté doit voir ce rituel s'accomplir ! Lord Gawlish est un crétin, mais il ne fait rien d'autre que protéger la reine, et nous poursuivons le même but que lui, ajouta Ravinger.

Ward se retourna vers l'elfe qui, bien que vexé et furieux, hocha la tête.

— Alors nous devons coincer ce sale traître de Nyx ! lança Ward. Et vous m'expliquerez tout ça en courant !

Sur ces mots il se tourna vers Lord Gawlish.

— Laissez-moi vous dire que tout ceci ne serait pas arrivé si vous aviez joué cartes sur table, dit le renard.

— Vous n'avez pas la moindre idée de ce dont vous parlez, rétorqua l'elfe en retroussant la lèvre supérieure.

Puis Ward fila dans le noir à la recherche de Nyx avec Ravinger sur ses talons, serrant contre lui une superbe couverture en angora et un vieux livre.

Tout s'explique

Ravinger fonçait dans les escaliers derrière Ward en tentant de ne pas se prendre les pieds dans la couverture qu'il serrait contre lui, mais qui ne cessait de glisser tant il se remuait à descendre les marches quatre à quatre. Arrivé à l'étage en dessous, il fut surpris de ne pas retrouver le fantôme qui leur avait pourtant collé aux basques jusque-là, mais ne prit pas le temps de s'y attarder vu que le renard courait toujours devant lui.

Quand ils débarquèrent dans le jardinium, ils filèrent vers le passage qui menait à l'aile est en jetant des regards attentifs à droite et à gauche, mais toujours aucune trace de Nyx. Un vague ronflement leur fit dire que Lloyd était encore sous l'effet de l'herbe à chat. *Pourvu qu'il ne soit pas trop tancé par sa hiérarchie.* Au final, et si Ravinger ne s'était pas trompé, ils avaient évité la catastrophe. Enfin, si on se plaçait du point de vue de Ward. Comme il l'avait dit, la reine avant tout. D'ailleurs, pendant un instant, il se demanda pourquoi ils couraient ainsi derrière un criminel notoire quand c'était le travail des autorités. Mais il se rappela aussi pourquoi Ward courait : parce que les autorités ne faisaient pas leur travail. Et ici, force était d'admettre qu'elles avaient failli. Entre le fait de se retrouver enfermé dans le palais, de découvrir que Nyx avait mis au point au moins trois moyens différents de s'évader, qu'il avait prévu de porter atteinte à l'intégrité physique de Sa Majesté et que… Mais le blaireau n'eut pas le loisir de continuer sa liste. Alors qu'ils remontaient le couloir qui longeait les bureaux des éminents administrateurs de ce Royaume, Ravinger eut une idée. Il força le pas et attrapa Ward par la manche ce qui l'obligea à faire un demi-tour pivoté avec élan du plus bel effet. Lors d'un concours, il aurait été fort bien noté.

— Attendez, haleta-t-il en retrouvant son souffle.

Avant même que Ward ait pu poser la question, il tapa brièvement contre la cloison et appela.

— Monsieur Bambill ! Thaddeus Bambill !

Pas de réponse. Ward leva un sourcil et Ravinger pinça les lèvres et toussota.

— Monsieur le conseiller ! Monsieur ! C'est Ian Ravinger ! J'ai votre couverture.

Une tête de grenouille passa aussitôt à travers le mur en éternuant.

— Par tous les têtards du Grand Étang ! *Atchoum !* C'est merveillifiant ! dit-il en se précipitant vers la couverture et en la serrant fort contre lui.

Il s'y emmitoufla avec délice, l'enroulant tout autour de lui. On ne voyait maintenant plus guère que sa tête légèrement vaporeuse et la couverture qui flottait quelques centimètres au-dessus du sol.

— Excusez-moi, comment m'avez-vous appelé ? demanda la grenouille.

— Monsieur Bambill. C'est bien votre nom, n'est-ce pas ?

La grenouille renifla en serrant sa couverture.

— Oh. Oh, oui. Cela fait si longtemps, vous savez. Longtemps, oui. Plus personne ne m'appelle comme ça depuis… longtemps. Vous voyez, je ne m'en rappelle pas. Le temps passe si vite. Est-ce important ?

— Dans un sens, répondit Ravinger. Dites, vous n'auriez pas vu passer un grand Chinchilla gris, par hasard ?

— Non, répliqua la grenouille.

Le blaireau baissa les yeux et se massa les tempes, tandis que dans un même mouvement de découragement ses épaules et son menton s'affaissèrent.

— Enfin si. Mais ça n'avait rien à voir avec le hasard, ajouta Bambill.

Ravinger releva la tête, les yeux écarquillés, espérant la suite dans une demande muette.

— En vous attendant tout à l'heure je l'ai vu filer à toute allure… la curiosité, vous savez… Ma mère me l'a toujours reproché… Bref, je l'ai suivi et au vu du chemin qu'il a emprunté, je dirai qu'il a trouvé la sortie qui mène aux quais d'approvisionnement des charrettes à vapeur. Il suffit qu'il se glisse dans le chargement d'un des livreurs et *hop !* Ah, il est finaud celui-là ! répliqua la grenouille.

Ravinger et Ward se lancèrent un regard et partirent en filant dans le couloir.

— Mais ??? Ne courez pas comme ça ! Il ne pourra pas sortir tant que la sécurité n'aura pas réouvert les portes ! cria Bambill.

— C'est par où ? répondit Ward.

— Prenez par le bureau de Lord Gawlish et remontez jusqu'à l'escalier central. De là, suivez vers l'aile ouest, au niveau de l'entrée des communs, sous l'escalier. Puis quatrième porte à gauche. Vous pourrez pas la rater, ça donne sur un hangar…

Ravinger espérait se rappeler de tout. *Oh. Le journal.* Il avait oublié de le lui rendre ! *Tant pis, ça peut attendre,* se dit-il en le glissant dans sa poche.

— Bien, mon ami, pendant que nous galopons, ne pourriez-vous pas me mettre un peu au parfum ? demanda Ward.

— Ah oui, pardon, souffla-t-il. Tout à l'heure, pendant que vous étiez avec Nyx en train de farfouiller dans les étagères et que j'ai trouvé la couverture…

Il s'interrompit le temps de reprendre son souffle tout en continuant à courir.

— J'ai trouvé un vieux journal. Celui de Thaddeus Bambill, apparemment. Et je comprends qu'il l'ait caché… Il contient beaucoup trop d'informations qui mériteraient d'être classées confidentielles, si vous voulez mon avis.

— Vous me le donnerez plus tard, en attendant expliquez-moi plutôt pourquoi nous n'avons pas arrêté ce rituel, vous voulez bien ? demanda Ward.

— Oh oui… Pardon. Eh bien… Dans ce journal, il précise qu'il a longtemps été conseiller de la reine, et ce avant sa mort, je suppose… Et figurez-vous que… chaque demi-cycle, soit tous les trois lustres… la reine mue.

Ravinger laissa cette information flotter dans l'air un moment.

— Croyez-vous vraiment que Nyx le savait ? demanda le blaireau devant le silence de son ami.

— Difficile de vous répondre, rétorqua Ward. Je crois que non.

Ils arrivèrent à la grande entrée et s'engouffrèrent sous l'escalier.

— Un peu plus et vous prenez sa défense !

— N'exagérez rien ! lança Ward.

— Il devait bien se douter de quelque chose pour avoir autant prévu de choses pour cette soirée !

— Oui, fort heureusement, nous avons été des pions récalcitrants… commenta le renard. Et je comprends que la reine ne souhaite pas ébruiter cette information… Imaginez l'avantage que cela représenterait pour une puissance ennemie de savoir que, sur une base régulière, la reine est totalement à la merci de son gouvernement ou son personnel.

Ravinger s'apprêtait à répondre quand un son aigu résonna. Un *FONCK !* vit vibrer tout le palais.

Les portes étaient réouvertes.

Tout part en saucisse

Ravinger revoyait toute cette scène se rejouer au ralenti : Ward courant derrière Nyx, lui courant derrière Ward et…

Ils n'eurent pas à se demander longtemps par où cette immonde créature était passée après avoir franchi la porte indiquée par Bambill. Le petit hangar, visiblement destiné à recevoir les fruits et les légumes du jour, était grand ouvert et l'air frais du matin s'y engouffrait pour soulever les effluves de feuilles humides et des livraisons de la veille. Quand ils atteignirent la grande porte cochère, le même spectacle se déroula sous leurs yeux.

Impuissant et horrifié, Ravinger regardait Ward les yeux fixés sur la charrette à vapeur qui emportait un Nyx hilare, qui les saluait de la main.

Un frisson glacé parcourut le blaireau. *Non, pas encore. Pas ça.* Il ne voulait pas revoir Ward prostré et défait, passant des semaines à contempler son échec et questionnant ses capacités.

— Mon ami, chuchota Ravinger en tendant une patte vers lui. Je…

— Tout ça, c'est votre faute ! hurla la voix de Lord Gawlish derrière eux. Si vous étiez restés tranquilles ! Si pour une fois vous aviez fait ce qu'on vous a demandé ! Ça ne serait jamais arrivé !

Ward se retourna et fixa l'elfe en prenant une respiration profonde. L'attention de Ravinger était tout entière sur le jeune renard, et bien lui en avait pris, sinon il aurait sans doute dit beaucoup de choses désagréables à ce paltoquet aux oreilles pointues.

— Posez-vous les bonnes questions, Lord Gawlish. Si nous sommes ici, c'est avant tout parce que vous n'avez pas été capable d'isoler correctement ce criminel au sein du palais. Mais je ne doute pas que vous vous défausserez intégralement sur le responsable de la sécurité lorsqu'il faudra expliquer tout cela à Sa Majesté, répliqua Ward sur un ton froid et posé.

L'elfe encaissa le coup, mais n'eut guère le temps de répondre.

— Avec ou sans nous, Nyx avait prévu de s'enfuir ce soir, et il
y serait arrivé quand même. Et peut-être aurait-il réussi à mettre
Sa Majesté en danger. Vous le comprendrez facilement quand vous
fouillerez ses quartiers, ajouta le renard.

Ravinger jeta un regard à Lord Gawlish qui était désormais défait
et silencieux. Ward se tourna brièvement vers le blaireau.

— Venez, mon ami. Nous n'avons plus rien à faire ici, conclut le
renard.

Et sur ces mots, il quitta le hangar sans un regard de plus pour
Lord Gawlish.

881b sweet 881b

Quand les rouages de la porte du 881b cliquetèrent, madame Egerton se précipita sur le palier de l'étage. Quand elle aperçut la fourrure rousse de Ward et la silhouette noire et blanche de Ravinger, elle entama de descendre l'escalier pour les accueillir... à sa manière.

— Par toutes les moustaches de Saint Basile ! Vous auriez pu m'avertir que vous ne rentreriez pas ! J'ai laissé un refroidir ma saucisse au fromage ! Cela ne se fait pas ! s'écria-t-elle.

— Madame Egerton, vous exagérez. Ce n'est pas la première fois que je découche ! déclara Ward.

— Vous peut-être ! Mais pas monsieur Ravinger ! Je suis très déçue, vous savez ! lança-t-elle avec un regard lourd de reproches pour le blaireau qui était sur le point de baisser les yeux.

— Madame Egerton, calmez-vous. Vous n'avez aucune raison de vous inquiéter, tout va bien, ajouta Ward. Nous sommes rentrés sains et saufs.

— Pourquoi ? demanda soudain Madame Egerton. Vous auriez pu rentrer autrement ?

Elle se nouait à présent les pattes et Ward soupira en lui passant devant pour finir de monter les marches. Le blaireau s'approcha et lui prit les mains.

— Et si vous nous faisiez du thé ? Histoire que nous vous racontions comment le docteur Nyx s'est échappé du palais...

La phrase eut l'effet escompté. Elle rassembla ses esprits, comprit très vite la gravité de la situation et fila faire un thé de circonstance. Ravinger soupira également, et fixa les quelques marches qui restaient avec un certain découragement. Cet escalier avait toujours été aussi haut, ou était-il vraiment très fatigué ?

— Ian ! Ne lambinez pas ! fit la voix de Ward dans le salon de leur appartement, à l'étage.

Un nouveau soupir lui échappa et il grimpa le reste des marches sans grande conviction, mais ressentit une immense satisfaction une fois arrivé sur le palier. Les effluves de thé atteignaient ses narines en même temps que celle des mélanges étranges que Ward s'acharnait à faire dans la partie laboratoire de leur salon. En temps normal, il aurait froncé le museau et râlé pour aérer la pièce, mais après la nuit qu'ils venaient de vivre, même la puanteur de ces expériences était réconfortante. *Enfin*. Il était rentré.

Il se débarrassa mécaniquement de son chapeau et de son pardessus, puis de sa veste. Un vrai soulagement après les avoir gardés toute la nuit… Et il s'assit sans y penser sur un bout de canapé que les amoncellements de journaux et de livres avaient épargné. Le regard perdu dans le vide il réalisa soudain que la cheminée était allumée et que la douce chaleur qui s'en dégageait était incroyablement réconfortante. Il ferma les yeux et se laissa bercer par les allées et venues de Digby dans son dos, qui farfouillait dans des papiers et passait d'un tas de documents à un autre en griffonnant des choses ici et là. Il se sentait dériver quand l'énormité de ce qu'il avait dit à madame Egerton le frappa de plein fouet. Il ouvrit grand les yeux et se tourna vers son ami.

— Digby, allez-vous bien ? demanda-t-il soudain en suivant son colocataire des yeux dans ses allées venues.

Le renard ne leva même pas une oreille.

— Parfaitement bien, pourquoi ?

— Ne faites pas l'innocent, vous savez tout à fait pourquoi.

Il y eut un silence et Ward s'arrêta de vadrouiller pour pivoter vers Ravinger.

— Je vous assure que je vais bien mon ami. Je ne referai pas la même erreur que par le passé. J'ai remarqué qu'on apprenait bien plus de ses échecs que de ses réussites, et pourtant c'est étonnant de voir à quel point on s'acharne à éviter d'en revivre.

— Étonnifiant, en effet… répondit Ravinger incertain.

— Et voilà ! lança madame Egerton en entrant dans la pièce avec son habituel plateau sur lequel reposait sa théière, ses tasses et de sublimes croquants aux épices qu'elle avait dû faire cuire la veille. *Ils n'en seraient que meilleurs*, se dit le blaireau en se léchant les babines.

— Oh ! Et ce pli est arrivé pour vous à l'instant, ajouta la souris en remontant ses lunettes rondes.

— Extraorifique. Tout est en place, mes amis !

Ravinger et madame Egerton se jetèrent un regard d'incompréhension.

— Mais ? Comment ça « en place » ? demanda le blaireau.

— Je ne fais pas la même erreur deux fois, Ian. Si Nyx s'est enfui, c'est que je ne pouvais pas l'empêcher, et je compte bien mettre cela à profit.

— À profit ? s'enquit Ravinger.

— Et si vous m'expliquiez ? demanda madame Egerton en versant le thé.

Ravinger et Ward échangèrent un regard et le blaireau entama de faire un résumé des faits à leur logeuse en omettant savamment tout ce qui concernait la mue de la reine, si une telle information n'était que de peu d'importance entre les murs du 88 b, elle pourrait revêtir un caractère éminemment dangereux en dehors. Si ça s'ébruitait, ils étaient bons pour un coup d'État. Ou pire.

La souris les écouta attentivement derrière ses lunettes cerclées et se resservit plusieurs fois, sous le coup de l'émotion.

— Je vois, déclara-t-elle finalement en reposant sa tasse. Qu'avez-vous prévu ?

— De repartir, lança Ward.

— QUOI ? s'écria Ravinger en s'étranglant avec son thé. Vous plaisantez ! Nous venons d'arriver et nous n'avons pas dormi de la nuit !

— Eh bien, nous dormirons dans l'express qui nous amènera à Catenburgh ! rétorqua le renard.

— Catenburgh ? Vous croyez vraiment que Nyx part vers l'Alscottia ? demanda le blaireau.

— Oh, je ne le crois pas. Je le sais ! déclara-t-il en tendant la note qu'il avait reçue. Finissez votre thé et faites vos valises, si l'index est correct, nous avons un vol à Néron[4] et quart.

Ravinger lança un regard triste à madame Egerton et se jeta sur les gâteaux avec un air de défi. Il ne partirait pas le ventre creux. Ça non !

---

4 : Neuf heures.

Pas de repos pour les braves

À leur arrivée au faeroport de Londynia, Ravinger réalisa que l'endroit ne lui avait pas manqué. Les piliers immenses soutenaient une verrière tentaculaire au travers de laquelle on apercevait les quais des dirigeables et des ballons. Et le pire, c'était qu'il allait devoir monter dedans.

— Vous avez conscience de ce que vous me demandez, Digby ? s'enquit Ravinger d'une voix blanche, le nez levé vers les appareils lévitant au-dessus du grand hall dans lequel ils se trouvaient.

Le renard se tourna vers lui avec un regard qui se voulait sans doute encourageant.

— Je sais que vous en êtes capable, et je ne vous imposerais pas cela si nous n'étions pas à la poursuite d'un criminel de l'envergure du docteur Nyx, dit Ward. Et j'ai pris soin de choisir la compagnie. Elle sert toujours des en-cas, conclut-il avec un regard amusé.

Ravinger plissa les yeux. Il se moquait. Pour la peine, il prendrait une double ration. Sur cette pensée, il emboîta le pas au renard qui avait déjà filé vers le tableau d'affichage d'une taille colossale qui pendait du plafond de verre en plein milieu du hall.

— Tour Nord, 15e étage, Porte d'embarquement B, lança Ward. Allons-y !

La mort dans l'âme, Ravinger jeta un nouveau regard vers les engins volants et s'avança vers la tour nord, son bagage à la main. Il savait pertinemment ce qu'il y avait dans la tour nord. Comme dans la tour sud et les deux autres : des ascenseurs. Des cages mécaniques dans laquelle des gens s'enfermaient volontairement pour être propulsés à des vitesses déraisonnables sans savoir s'ils allaient y survivre. *Quinze étages.* Ward ne le laisserait jamais prendre le temps de les monter à pied. Entre le hall d'entrée et le rez-de-chaussée de la tour, Ravinger pria tous les saints qu'il put trouver. Avec un peu de chance, il serait mort avant d'entrer dans un quelconque engin volant. Qui sait ? Peut-être même pouvait-il périr d'une syncope ou d'une chute de piano à queue d'un instant à l'autre. Il leva le nez pour s'en assurer, mais non. Rien. Aucun piano en vue. En revanche, une ribambelle d'ascenseurs s'était réunie rien que pour lui. Un avant-goût de la géhenne. Un frisson le parcourut de la tête à la queue et une nausée monta en sens inverse.

Le renard lui jeta un regard pour vérifier qu'il le suivait et Ravinger y répondit par un hochement de tête silencieux. *Maudit chinchilla, qu'il soit jeté dans les flammes de l'enfer pour en ressortir trop cuit.*

Quand il entendit le *ding* de l'ascenseur, il était trop tard, il réalisa qu'il était dedans et que Ward avait appuyé sur le bouton. *Quinze étages.* La cabine eut un soubresaut, le blaireau étouffa un gémissement, ferma les yeux et s'agrippa à sa valise. Il y eut un léger vrombissement et une musique démodée emplit l'habitacle. Une vieille chanson à propos d'une danseuse qui n'avait pas la vie facile, un drôle de choix pour ambiancer des voyageurs. Mais Ravinger n'eut guère le temps d'y réfléchir davantage. Son estomac se souleva en même temps que la cabine ralentit et un *ding* retentit en même temps qu'un *swoosh* et le blaireau cru qu'il allait vomir. La seule chose qui le retint fut le steward qui apparut dans l'ouverture de la porte. Il ne se serait jamais permis de régurgiter sur les chaussures de quelqu'un. À part Nyx peut-être. Ou Lord Gawlish.

Le blaireau releva lentement la tête pour saluer la merlette qui les accueillait. Son uniforme bleu et rouge arborait l'insigne argenté de la Royale Airline : un lion ailé. Bien que Ravinger fut soulagé de quitter l'ascenseur, il se sentit inquiet de se savoir si haut au-dessus du sol et bénit les concepteurs du faeroport d'avoir fait cette pièce aveugle. En revanche, la bouche béante du couloir flottant menant au ballon ne le mettait pas en confiance.

— Vos billets, s'il vous plaît, fit la voix de la merlette.

Ravinger tourna la tête et vit Ward tendre les billets demandés. La merlette le remercia et les invita à s'engager sur la passerelle.

Le blaireau déglutit, serra encore un peu plus la poignée de son bagage et prit une grande inspiration avant de se lancer. Chaque pas était un supplice. Bien que totalement fermée, toute la passerelle rebondissait chaque fois qu'un pied se posait dessus, rappelant bien à tous les passagers que leur temps sur la terre ferme était révolu. *Un pied devant l'autre, un pied devant l'autre*, se répétait Ravinger en refusant de penser à autre chose. Et s'il s'évanouissait avant d'atteindre le ballon ? *Non.* Il valait mieux ne pas y songer.

Ce fut avec un étonnant soulagement qu'il accéda à la cabine du ballon, tout à fait ferme et stable sous pieds. Au moins, l'illusion était parfaite, et il allait s'y accrocher comme à une bouée de sauvetage.

— Bienvenue à bord du HMS Clarence ! déclara un moineau dans le même costume rouge et bleu au badge d'argent. La Royale Airline est ravie de vous accueillir.

Ravinger se força à sourire et bredouilla un remerciement, oscillant toujours entre soulagement et inquiétude sur la suite du programme.

— Allez, détendez-vous, mon ami. Vous n'avez qu'à éviter de regarder par la fenêtre, lança Ward d'un ton léger.

Facile à dire ! Le blaireau s'apprêtait à envoyer une réplique acerbe quand il prit la mesure du décor. Pendant un instant, il eut l'impression qu'on avait rentré un des salons de l'Adamante Club au chausse-pied dans la carlingue. Des luminorbes dansaient dans des globes de verre dépoli rivés aux murs par des filigranes de cuivre entrelacés avec art, et le tout éclairait avec douceur une enfilade de canapés et de fauteuils ornés de coussins d'un bleu envoûtant, assorti aux lourds rideaux de velours qui s'écartaient devant de grandes baies vitrées.

Seigneur. Il détourna aussitôt le regard pour fixer la moquette ivoire qui lui fit immédiatement penser à la crème qu'il étalait avec délice sur ses scones.

— Ian ?

La voix du renard le sortit de ses réflexions. Il n'avait pas réalisé qu'il s'était arrêté en plein milieu de l'allée et bloquait le passage.

— Si ces messieurs le souhaitent, le restaurant est installé à l'étage au-dessus, fit une autre voix.

Ravinger ne prit même pas la peine de s'attarder sur la personne en uniforme bleu et rouge qui avait prononcé ces mots. Il n'avait mémorisé que « restaurant » et « étage au-dessus ». Il releva la tête et se dirigea d'un pas ferme et décidé vers l'escalier qui menait au dit étage en écartant Ward de son passage. Ce dernier retint un fou rire et le suivit. Quand il atteignit le restaurant, il trouva Ravinger enfoncé dans un fauteuil moelleux, le nez plongé dans la carte.

— Je suis rassuré de voir que vous avez retrouvé vos esprits, lança le renard.
— Pour l'instant je m'occupe surtout de faire abstraction de la fenêtre. Pourriez-vous fermer le rideau, s'il vous plaît ? demanda le blaireau en faisant un geste vers la surface vitrée en veillant bien à ne pas quitter la carte des yeux.

Ward sourit et s'exécuta. Au moment où la vue fut obstruée, le blaireau reposa la carte, les traits plus détendus et laissa échapper un soupir.

— Merci, lança Ravinger. Maintenant, dites-moi la vérité. Vous le saviez n'est-ce pas ? Ce qui allait arriver.
Ward soupira et se cala dans son fauteuil face au blaireau.
— Non. Et si j'avais pu l'éviter, je l'aurais fait.
— Mais vous pensiez que ça allait se produire, insista Ravinger.
— Oui.
— Et vous n'avez pas jugé utile de m'en avertir.
— Je... Je vous l'ai dit. J'avais espéré...
— L'éviter, oui, j'avais compris la première fois. Mais cela n'empêchait en rien que...
— C'est juste que... disons que j'ai dû faire un choix. Et j'ai renoué avec certains contacts qui... Pour être honnête, il y a des risques que je suis prêt à courir pour moi-même, mais pas pour

vous, répondit Ward.

— Vous faites bien des mystères, dit Ravinger en fixant son ami. Mais soit, ajouta-t-il avec un soupir. Faites au moins un résumé.

— Bien. Disons que je ne voulais pas revivre l'expérience de ma rencontre avec Nyx. C'est un souvenir assez pénible, comme vous vous en doutez. Quand nous avons reçu le câblogramme qu'il nous a envoyé, je savais que nous allions au-devant de problèmes.

— Je ne vois pas comment il pourrait en être autrement avec lui, commenta Ravinger.

Ward haussa les sourcils avec un hochement de tête.

— Je ne savais pas lesquels. Cependant, il était quasi certain pour moi, comme pour vous, qu'il allait tenter de s'échapper. J'avais espéré l'éviter, évidemment. Mais dans le doute… disons que j'ai contacté de vieux amis, parce que je ne me voyais pas me tourner vers la Garde. Une fois m'a suffi… Vous avez vu ce que ça a donné.

Ravinger acquiesça.

— Je me suis dit qu'il était temps de changer de méthode et de nous tourner vers… des gens avec plus de moyens.

— Mmmm… Je ne vois pas vraiment ce que ça implique, mais d'accord. Et donc..?

— Donc, avant de nous rendre au palais, j'ai demandé à ce que le lieu soit surveillé tant que nous n'en étions pas sortis et que Nyx soit pris en filature s'il réussissait à s'échapper.

— Quoi? Mais? Mais pourquoi ne pas tout simplement l'arrêter à ce moment-là? demanda le blaireau.

— Parce que je veux en finir, répondit Ward. Il est aidé, il a des contacts, des sbires, des complices. Il faut en finir avec Nyx et toute sa petite compagnie. Maintenant qu'il est en fuite, il va rejoindre son repaire et rassembler ses troupes pour fomenter une autre fourberie de son cru.

— Oh. Et c'est là que vous voulez faire un coup de filet…

— Oui. C'est ça, conclut Ward.

— Intéressant. Et aux dernières nouvelles, il a beaucoup d'avance sur nous?

— Assez.

Il y eut un bref silence.

— Et… dites-moi… Ils sont nombreux ces sbires? demanda Ravinger avec une pointe d'inquiétude dans la voix.

— Vous posez toujours d'excellentes questions, mon ami !
répondit Ward avec un sourire.

Ravinger se figea et leva une main pour héler un serveur.

— Un double chocolat à la crème avec une part de tarte aux
noisettines…

Il hésita un court instant et ajouta :

— Une grosse part s'il vous plaît, ajouta-t-il d'une voix un peu
tremblante.

Le serveur hocha la tête et partit vers les cuisines tandis que
Ravinger fixait le vide. *Autant mourir le ventre plein.*

1er jour de la 1ere semaine d'Ogronios
À bord du HMS Clarence

Ian est préoccupé. Il n'en dit trop rien, ou en tous cas, il en garde beaucoup sous silence, mais je comprends. Sans doute a-t-il pensé que j'allais m'effondrer comme lors de l'affaire du meurtre de Simidh. Je ne peux pas lui en vouloir, c'est une inquiétude légitime. Pour ma part mon souci est ailleurs. J'ai choisi de déterrer certaines choses, de dépoussiérer certaines amitiés qu'il aurait été sûrement plus prudent d'oublier. Cependant, je ne suis pas certain d'avoir véritablement le choix. Nyx doit être mis hors d'état de nuire. S'il est capable de faire ce qu'il veut depuis l'enceinte du palais, le pire est à craindre s'il en est sorti. Très honnêtement, je ne voyais pas vers qui d'autre me tourner.

Catenburgh

Ravinger sentit lentement mais sûrement son estomac remonter et lança un regard inquiet à Ward.

— Détendez-vous, mon ami. Nous arrivons sur Catenburgh. Le faeroport est de plain-pied. Vous allez retrouver le plancher des vaches très bientôt ! répondit le renard.

Le blaireau en fut particulièrement soulagé, au moins il ne souffrait pas pour rien. Et il faisait de son mieux pour ne pas renvoyer son goûter à l'envoyeur. Il avait été délicieux, ça aurait été criminel.

— Croyez-vous que nous aurons un autre message en arrivant, afin de nous dire où aller ? J'ai l'impression que nous nous sommes lancés dans un véritable jeu de pistes, déclara Ravinger.

Ward leva un sourcil et fit une moue pensive.

— C'est une bonne question. Je suppose que nous le découvrirons une fois à terre.

— Vous avez confiance, n'est-ce pas ?

Il y eut un silence.

— Vous avez confiance en ces gens, qui qu'ils soient ? répéta le blaireau.

— Pour être parfaitement honnête avec vous, mon cher Ian : oui… et non.

Fantabuleux, pensa Ravinger sans oser prononcer cela à haute voix. Ils allaient vraiment mourir alors. *Mmmm…* Il allait lui falloir plus de gâteaux.

La carlingue s'ébranla avant qu'il ait pu commencer à établir le menu complet de ses funérailles. Et d'un seul coup, plus rien ne bougea et le vrombissement des moteurs se tut.

— Merci d'avoir voyagé avec Royale Airline fit une voix dans les haut-parleurs.

Ravinger recommença à respirer et se leva bien plus rapidement qu'il ne le voulut et fonça vers la passerelle, sa valise à la main, sous le regard amusé de Ward.

Sauf qu'une fois ressorti, il hésita à re-rentrer. La vision de cauchemar du tarmac avec ces énormes engins alignés le long des pistes faillit lui provoquer un malaise. Il baissa aussitôt les yeux et plaça sa main libre sur le côté de sa tête, comme une œillère.

— Venez, mon cher, fit Ward en lui attrapant le coude. Il y a une navette.

Ravinger se laissa guider. En effet, il en avait une. Elle ressemblait à une roulotte-bus dont les côtés étaient peints en rouge d'un « Cat-Sidhe Express » d'un grand chic. Et le chauffeur, un imposant chat noir au poitrail taché de blanc, ne l'était pas moins. Il arborait une toque noire et un costume à carreaux local tout à fait seyant. Et le port de la jupe devait être confortable.

Perdu dans ses pensées, c'est Ward qui le secoua à nouveau pour lui faire signe de descendre. Et ensemble, ils entrèrent dans le faeroport de Catenburgh.

Le bâtiment massif, tout en pierre blanche et jonché de mosaïques aux tons chauds et ornés d'or était impressionnant. Ils suivirent les panneaux qui les guidèrent vers le hall d'arrivée, où Ravinger se surprit à observer la foule avec méfiance.

— Digby, et s'il était ici ? demanda-t-il en se raidissant.
— Eh bien, le connaissant, il nous inviterait à prendre le thé, répondit le renard.

Ravinger voulut le tancer pour alléger une situation qui exigeait le sérieux, puis réfléchissant à la scène, il finit par trouver l'idée assez logique. Bien qu'à ce stade, il commençait à penser que le thé serait empoisonné.

— C'est bien possible, marmonna-t-il tout en continuant à

étudier la foule.

— Eh bien, voilà. Je crois que vous êtes fixé maintenant, Ian, déclara Digby en l'attirant sur le côté.

Le blaireau suivit son regard et découvrit un renard arctique dans un costume trois pièces à carreaux qui n'avait de traditionnel que le motif, à en juger par son pantalon, et il tenait à la main une pancarte qui disait « Messieurs Ward et Ravinger ». Il lui lança un œil méfiant et l'étudia de haut en bas puis lui accorda un bonjour prudent. Mais avant que Ward ne pût se présenter, une petite belette lui rentra dedans et repartit en courant en se confondant en excuses. Ravinger s'inquiéta de son ami qui lui rendit un sourire. Soulagé, il se tourna pour jeter un regard courroucé à la gamine qui en avait profité pour filer.

— Comment vont nos affaires ? demanda Ward après les salutations d'usage.

— Elles se poursuivent, répliqua le renard blanc avec un regard entendu. Si vous voulez bien me suivre, nous vous avons préparé un véritable programme touristique !

Ward hocha la tête et Ravinger, qui allait répondre quelque chose, s'en abstint quand son ami secoua la tête.

Quand ils furent sortis du faeroport et qu'ils eurent grimpé dans un cab mécanique rutilant qui flanqua des suées au blaireau, Ward demanda enfin :

— Croyez-vous qu'il soit indiqué de perdre du temps ?

— Nous avons peu d'options, répliqua le renard blanc. Oh. Et je m'appelle Arran. Pardonnez-moi. Nous sommes tellement sur les dents que...

— Vous êtes tout pardonné, coupa Ward qui voulait en venir aux explications.

Il y eut un court silence et Arran sembla comprendre assez vite.

— La première raison c'est que le train qui doit vous amener à Drumnagarroch ne part que dans plusieurs heures et nous avons trouvé plus prudent de vous garder en mouvement.

— Des problèmes ? demanda Ravinger.

— La bonne nouvelle c'est que nous savons où Nyx a décidé de se terrer, mais la mauvaise, c'est qu'il a dû trouver un moyen de joindre ses acolytes dans sa fuite, et qu'on voit des groupes arriver ici et là. Certains ont pu être stoppés, mais pour l'instant nous ignorons combien vont encore arriver.

Ravnger et Ward échangèrent un regard.

— Je vois, répondit Ward. Jouons donc aux touristes. Ça vaudra mieux que de se planter au milieu d'une gare avec une cible dans le dos.

À ces mots, il lissa son manteau et sentit un papier dans sa poche. Il le déplia, leva un sourcil soucieux et le tendit à Ravinger.

«Cher ami, j'aurais préféré que nos chemins se séparent à Londynia. Ne poursuivez pas ce voyage, car ce pourrait bien être le dernier. Fini de jouer. N.»

Le blaireau se raidit.

— Mettez une pâtisserie sur la liste des lieux à visiter, lâcha Ravinger. Je vais en avoir besoin.

Un curieux itinéraire

— Quand vous avez dit que nous resterions en mouvement, j'avais pensé que cela impliquait au moins d'être sur roues, remarqua Ravinger en découvrant les façades colorées des boutiques de la Royal High Street.

— Vous n'aimez pas ? demanda Arran anxieux en baissant ses oreilles blanches.

— Ah, si ! C'est tout à fait charmant ! Mais j'ai cru comprendre que la gare était assez loin, je m'inquiétais seulement d'être à l'heure. Et pour tout vous dire, c'est un peu stressant de prendre un bain de foule quand je sais que des ruffians à la botte de Nyx peuvent rôder dans les environs, ajouta-t-il en jetant des regards de côté.

— Je comprends vos préoccupations, monsieur Ravinger. Mais à l'heure actuelle, ces ruffians, comme vous dites, ont surtout à cœur de rejoindre leur chef. Je doute qu'ils se risquent à lancer une attaque en public.

Le blaireau partagea un regard inquiet avec son colocataire qui hocha la tête puis afficha une expression qui se voulait rassurante. Mais les tourbillons grisâtres de nuages au-dessus de leurs têtes ne lui semblèrent pas de très bon augure. Les pavés claquaient sous leurs pieds et le tumulte des touristes autour d'eux les cachait sans doute mieux qu'une carrosserie de taximètre ou de cab. Quoi qu'il en soit, Ravinger ne voulut paraître ni impoli ni rabat-joie et tenta de ne pas céder à ses angoisses. Et si l'on en croyait la récente missive de Nyx, si c'était lui, c'était sûrement les derniers instants d'« insouciance » qu'ils pouvaient se permettre.

— Vous êtes originaire du coin, Arran ? demanda le blaireau.

Surpris, le renard blanc se lança joyeusement dans la conversation et raconta son enfance entre la lande et les montagnes enneigées du nord de l'Alscottia. Ravinger fut pris dans ses descriptions vivantes des paysages tour à tour humides et venteux, verts et fleuris, ou sombres et inquiétants au sein d'un pays qui lui paraissait bien plus sauvage que la ville qu'il parcourait actuellement.

— Et vous ne portez jamais le… comment appelez-vous ça ? s'enquit Ravinger avec des gestes mimant une jupe.

— Le kilt ? fit Arran. Oh, uniquement lors des fêtes et des grandes occasions. Le port du pantalon est tout de même bien plus pratique ! Ha ha !

— Je trouve ça fort élégant, répondit Ravinger.

— Vous voulez lancer une mode à la capitale, mon cher Ian ? demanda Ward.

— Je n'y verrai aucun inconvénient. Et ça pourrait avoir du succès ! Beaucoup de communautés druidiques portent encore la robe. Qui sait ? Ça pourrait leur plaire ! plaisanta Ravinger.

Et ils rirent tous les trois de bon cœur, ce qui allégea beaucoup l'ambiance.

— J'espère que vous ne m'en tiendrez pas rigueur, mais je ne me voyais pas vous faire visiter la ville sans passer par la nécropole, c'est un endroit très… spécial, lança Arran.

Ravinger hésita.

— La… nécropole ? Vous voulez dire… comme un cimetière ? demanda-t-il.

— Oh, la nécropole de Catenburgh est bien plus que ça, mon ami. Je suis ravi d'avoir l'opportunité de la visiter. C'est une excellente idée. Nous sommes censés jouer aux touristes, n'est-ce pas ? Alors, profitons-en, déclara Ward.

Le blaireau fut un peu surpris par autant d'engouement de la part de son colocataire. Lui qui aimait tant aller droit au but, devoir tournicoter ainsi dans les rues de la ville avant d'attraper un train pour confronter Nyx devait lui scier les nerfs. Sans doute essayait-il de le mettre à l'aise. Si c'était le cas, il ne voulait pas ruiner ces efforts. *Alors soit.*

— Et… qu'a-t-elle de si spécial cette nécropole ? demanda Ravinger.

Arran sourit.

— C'est un lieu de… passage, dirons-nous. Il est tenu par la communauté de moines félins qui a fondé la ville. En temps normal la partie des voûtes ne se visite pas, mais…

Il termina sa phrase avec un clin d'œil. Ils tournèrent ici et là, traversèrent un parc qui ressemblait davantage à une petite forêt qu'un parc, pour voir jaillir de nulle part une église de pierre noircie. Ravinger jeta un œil à Arran qui, tout sourire, avait ménagé son effet.

Le portail de pierre qui recouvrait la façade était formé d'un amoncellement de squelettes d'animaux et de créatures en tous genres, baissant leurs orbites creuses vers les visiteurs.

Charmant, se dit Ravinger. Au moins, ça annonçait la couleur. Le portail ouvrait non pas sur une porte comme la plupart des églises, mais sur une succession de statues aux figures encapuchonnées. Sans doute des chats, se dit le blaireau en repensant à la courte présentation de leur guide. L'enfilade de statues menait d'un côté et de l'autre à un paysage de verdure sauvage et de structures de pierres à peine discernables sous les herbes folles. Ravinger eut un moment d'hésitation, en regardant d'un côté puis de l'autre, sans savoir où aller.

— Par ici, fit Arran en suivant le côté gauche de la galerie.

Ils débouchèrent dans un jardin, qui se révéla vite être un cimetière. Un très vieux cimetière à en juger par le style et l'usure des pierres tombales lourdement sculptées et ornées. La plupart si anciennes que les inscriptions étaient presque effacées. Le renard blanc navigua entre les tombes et s'arrêta près de l'une d'elles pour tirer sur une chaînette et activer une petite cloche.

Ravinger fronça les sourcils et jeta un regard curieux à Ward qui secoua la tête pour signifier son ignorance. Ce qui ne lui arrivait pas souvent. Quelques secondes à peine s'écoulèrent avant de voir passer au travers de la pierre une tête de macareux translucide.

— Que l'diab' me pende par les chaussettes ! s'exclama-t-il en apercevant Arran. Ça f'sait ben des éons que j't'avais point vu ! T'es venu faire le malin, hé ? lança-t-il à voix basse avec un clin d'œil.

Arran toussota, gêné.

— T'en fais pas ! ajouta le macareux en lissant sa vieille tunique d'un autre âge. Je m'en vais chercher Frère Tavish pour ta visite, mon p'tit gars !

Et il disparut dans sa tombe. Surpris, Ravinger regarda plus attentivement les différentes tombes du jardin-cimetière et remarqua que toutes étaient équipées soit d'une sonnette, soit d'un espèce de paillasson qui disait « merci d'essuyer vos pieds avant d'entrer » ou une gravure à moitié effacée qui affichait « frappez trois fois », ou ce genre de choses. L'une d'elles disait quelque chose comme « mon nom trois fois, tu prononceras… », mais le nom était illisible. Ça ne devait pas faciliter les visites. Mais le blaireau n'eut pas le temps de demander des détails.

— Bienvenue à vous, vivants. Puissiez-vous repartir ainsi et le rester longtemps, fit une voix grave derrière eux.

Ravinger pivota de surprise et crut un instant qu'une des statues encapuchonnées avait pris vie pour les surprendre. *Quel accueil.* Le blaireau déglutit. Pour sûr, il espérait repartir aussi vivant qu'il était venu ! Et d'ailleurs, il n'était pas sûr de vouloir rester plus de temps que nécessaire.

— Merci à vous, Frère Tavish, lança Arran avec un salut de la tête.

Ravinger et Ward répliquèrent ce salut en souhaitant le bonjour.

— C'est un plaisir de recevoir de tels invités. J'ai cru comprendre que vous meniez une noble quête, déclara frère Tavish d'une voix très solennelle.

Ravinger ignorait si elle était noble, mais elle était sans doute juste. Enfin… de son point de vue. Probablement que Nyx aurait à redire sur le sujet.

— J'espère que tu reviendras nous raconter tout ça, Arran, ajouta-t-il. Venez, donc.

Et il reprit le chemin par lequel Ravinger, Ward et Arran étaient arrivés. Sauf qu'en arrivant dans le couloir de statues, l'une d'elles manquait et un passage s'était ouvert à la place, ouvrant vers un escalier en colimaçon creusé dans la pierre qui descendait vers… *qui descendait.* Le blaireau jeta un regard suspicieux aux statues, pencha la tête vers l'escalier et se résolut à descendre quand Arran et Ward eurent suivi le moine. Tout ça, ne lui disait rien qui vaille.

Une patte dans chaque camp

Les escaliers descendirent, tournèrent, et ainsi de suite jusqu'à déboucher dans un sous-sol sombre et humide où chaque pas se perdait dans un écho infini. Quand ses yeux se furent acclimatés à l'éclairage, il découvrit enfin…

— Voici, les Voûtes de Catenburgh ! déclara frère Tavish qui se fondait parfaitement dans le décor.

Ravinger avait du mal à le discerner. Il voyait quelque chose qui bougeait, mais c'était difficile de le placer exactement. La réflexion immédiate qui vint au blaireau fut de se dire que la cohérence d'ornementation était totale et qu'ils n'étaient pas floués sur la marchandise. En arrivant, on leur vendait des squelettes et en descendant ils avaient… des squelettes. Des cavités paraissaient creusées dans la roche souterraine qui soutenait « l'église ». Il ne l'avait pas visitée, mais supposait que c'en était une. Bien qu'il en doutât de plus en plus. Et dans ces cavités, dont il remarqua qu'elles étaient numérotées, gisaient des centaines, non sûrement des milliers de crânes. De crânes de chats.

— Ce sont les gardiens, lança frère Tavish.
— Les gardiens ? répéta Ravinger.
— Oui, la communauté des moines félins de Catenburgh a pour mission de garder le passage. Que nous soyons vivants ou morts. Je garde, ils gardent, conclut-il en montrant les crânes d'une main.

Ravinger resta silencieux un moment. Ça avait beau sembler logique, le blaireau se demandait tout de même pourquoi les entasser de cette manière et dans un endroit aussi inconfortable. Être mort ne vous rendait pas insensible. Et il était bien placé pour le savoir. Non pas qu'il fut mort, mais… enfin bref.

— Vous vous inquiétez pour rien, mon ami, fit une voix douce à côté de Ravinger.

Surpris, il tourna la tête pour apercevoir une figure encapuchonnée translucide et blanchâtre, flottant légèrement au-dessus du sol. Il sursauta.

— La confrérie est toujours là pour nous et nous sommes toujours là pour elle, cette expérience communautaire nous apporte beaucoup, vous savez, continua le fantôme.
— Oh ! Excusez-moi on m'appelle ! fit le fantôme.

Le blaireau n'avait rien entendu et le moine diaphane disparut en moins de temps qu'il ne fallut pour le dire. Ce que Ravinger remarqua surtout, c'est que les autres avaient avancé et qu'il se retrouvait à la traîne. Il trottina pour les rattraper.

— … Et donc cette structure date d'avant les invasions des Danons ? fit la voix de Ward.
— C'est en effet une des rares qui ait survécu, répondit frère Tavish.
— Impressionnant, dit Ward en hochant la tête et en jetant un regard à Arran qui acquiesçait aussi.
— Mais attendez, ce n'est pas le plus spectaculaire ! murmura Arran.

Salle après salle, des niches numérotées remplies de crânes s'entassaient et Ravinger craignait de voir débarquer un fantôme à chaque tournant. Ils arrivèrent enfin dans une pièce dont le plafond ressemblait presque à un dôme. La pierre taillée n'avait aucune cavité sur les murs et la salle tout entière était baignée d'une douce lumière blanche, légèrement verdâtre, qui émanait d'une sorte de bassin de pierre au milieu de la pièce. Ravinger observa le sol, les murs, le plafond.... *non*. Il n'y avait rien d'autre que ça. Un rond de pierres et dedans, une sorte de brume luisante qui ondulait sereinement.

Ils s'en approchèrent en silence et s'inclinèrent prudemment au-dessus sans oser toucher quoi que ce soit. Les yeux fixés sur la brume,

Ravinger finit par discerner des formes, rapides, tourbillonnantes. Il plissa les yeux et se pencha un peu plus. Est-ce qu'il entendait le vent ? Est-ce que… Il plissa un peu plus les yeux. Est-ce qu'il distinguait les visages ? Ça allait si vite, il n'arrivait pas à décider s'il reconnaissait des gens… Une main se posa sur son épaule et il sursauta.

— Reculez-vous, c'est plus prudent, fit frère Tavish.

Et Ravinger aperçut les yeux verts au milieu du visage de chat noir, briller dans la pénombre. Il prit une grande inspiration et fit de son mieux pour détacher son regard du félin et suivre ses instructions. Quand il eut reporté son attention sur le bassin, une figure en émergea soudain et ils reculèrent tous de surprise. Tous sauf le frère Tavish.

— Je vais en toucher deux mots à un cousin éloigné, ne vous faites aucun souci ! lança la figure de Thaddeus Bambill enveloppé dans sa couverture, le regard fixé sur Ravinger.
Ce dernier bredouilla.
— Un cousin ?
— Oui, ne vous inquiétez, pas. Un service pour un service, c'est bien la moindre des choses !

Il fit un salut de la tête et sa silhouette brumeuse replongea dans les vaguelettes du bassin.
Le blaireau était coi, Ward eut un petit sourire amusé et Arran leva un sourcil curieux. Tous se regardaient sans comprendre, plus ou moins ravis par l'expérience étrange. Même le frère Tavish sembla lever un sourcil étonné.

— Par le grand Mork ! s'écria le renard blanc. Je n'avais encore jamais vu ça !

Il souriait, apparemment ravi de l'expérience. Ravinger lui, se sentait fatigué. *Comment posait-on des jours de congés dans cette profession ?* Il secoua la tête et se frotta le front. Il ne comprenait rien et se demandait pourquoi il fallait que ça tombe sur lui à chaque fois…

— Intéressant, marmonna le moine. Ça vous arrive souvent ? demanda-t-il au blaireau.

— Plus que nécessaire, répondit ce dernier avec un soupir.

— C'est un passage, n'est-ce pas ? s'enquit Ward en désignant le bassin d'un mouvement du menton.

— Et nous le gardons, rétorqua le chat sous sa capuche.

— Alors ce qu'on dit est vrai ? demanda Ravinger. Vous… Enfin… Les chats, vous avez un pied dans un monde et un pied dans l'autre ?

Un petit rire s'échappa de sous le capuchon.

— C'est vrai, pour nous.

Sur ce, le frère les guida hors de la salle et ils remontèrent à la surface, sans qu'il fût donné plus de détail sur cette phrase sibylline. Après des remerciements et des adieux en règle, Arran se tourna vers Ravinger.

— Vous avez compris de quoi cette grenouille parlait ?

— Pas le moins du monde, répondit le blaireau en secouant la tête.

Arran eut l'air surpris, mais n'insista pas.

— J'ai une adresse exceptionnelle de pâtisserie juste à côté de la gare, lança-t-il en s'éloignant de la nécropole.

À ces mots, Ravinger se redressa et força l'allure.

— Alors, dépêchons-nous, il ne faudrait pas rater ce train ! déclara-t-il.

Le voyage continue

Le dôme géant qu'était Marketley Station ne sembla pas mettre davantage Ravinger en confiance que les voûtes souterraines de la nécropole. Peut-être même encore moins. Il y avait à nouveau du monde partout et possiblement des traîtres en son sein. Et il ne voulait pas croire que Ward était détendu au point de s'en moquer ou d'en faire fi totalement. Il devait lui aussi être sur le qui-vive. Le blaireau resserra sa prise, d'une main sur sa valise, de l'autre sur le sac de gâteaux achetés à « Chocolandia ». Arran avait eu raison sur ce point, l'adresse était excellente, et il avait hâte d'être installé dans le train pour pouvoir déguster. De manière générale, il avait hâte d'être assis afin de se sentir un peu rassuré, avec un semblant de sécurité. Une fois dans la rame… ils seraient lancés vers leur destination finale, ou presque.

Les différentes annonces de départ se succédaient dans les haut-parleurs et le brouhaha des voyageurs qui couraient en tous sens était comme… une ruche vrombissante. Une ruche dans laquelle il voyait des chinchillas gris à haut de forme derrière chaque panneau d'affichage, chaque banc, chaque employé de la gare.

— Ah ! Venez ! Votre train est indiqué sur le quai 5 ! lança Arran.

Le renard blanc fendit la foule et Ravinger et Ward le suivirent, le blaireau toujours attentif aux visages qui passaient ici et là, avec régulièrement un bond dans sa poitrine quand il croyait voir une tête ronde et grise au regard noir et vicieux. Ils remontèrent le quai jusqu'à trouver la bonne voiture.

— Tenez, déclara leur guide en tendant les billets de train. Une fois arrivés, vous serez pris en charge par quelqu'un d'autre. On m'a assuré que vous ne sauriez vous tromper sur son identité. Soyez prudents et bonne chance.

— Merci pour la visite, répondit Ravinger en lui serrant la main.

Ils se saluèrent chaleureusement et Ravinger et Ward grimpèrent dans le train avec un dernier regard furtif d'un côté et de l'autre du quai.

— Ne me dites pas que vous n'êtes pas inquiet, lança Ravinger dans le couloir tandis qu'ils remontaient le wagon pour trouver leur compartiment.

— Je n'ai pas l'habitude de vous mentir, mon cher, il me semble, répondit Ward.

— C'est bien ce que je craignais.

— J'imaginais que cela vous rassure que je sois serein. Désolé, mon ami. Mais courir après Nyx, aussi excitant que cela puisse être, n'est pas une activité de détente. Et vous avez raison d'être sur vos gardes. Même si nous savons à qui nous avons à faire… je sais qu'il trouvera toujours à nous bluffer.

Ravinger hocha la tête et Ward s'arrêta pour ouvrir leur compartiment.

— J'espère que vos « amis » nous permettront de le surprendre aussi… marmonna Ravinger en refermant la porte du compartiment derrière lui.

— Je l'espère aussi.

Ravinger posa sa valise, se débarrassa de ses gants, de son manteau, de son chapeau et s'installa, lui sur la banquette rembourrée et ses gâteaux sur la table qui trônait entre les deux rangées de sièges. Il laissa échapper un soupir d'aise et de soulagement.

Le train s'ébranla sur une scène de ravissement où le blaireau admirait ses sucreries en savourant du séant le confort de son siège. *Non, tout compte fait, le voyage s'annonçait bien.* Ils avaient quitté Catenburgh sans encombre, le train était confortable, il n'était ni intégralement jaune ni intégralement vert ce qui reposait ses yeux et son estomac et il avait devant lui les meilleures pâtisseries de la ville.

— Vous avez réussi à lever tout un commandement, il faut croire, articula Ravinger entre deux bouchées.

Il avait mordu dans un carré fait d'un mélange de caramel

crémeux et de pâte sablée chocolatée au goût beurré, après avoir longtemps hésité avec un long biscuit parsemé de petits trous au nom imprononçable.

— Mmm… selon vous, c'est une bonne ou une mauvaise chose ?
Le blaireau déglutit.
— Vous n'êtes pas certain de le savoir ?
Ward soupira.
— Je pense que c'est une bonne chose, mais disons… que je suis tout de même surpris de voir l'ampleur du dispositif mis en place. Agréablement surpris cela dit. Je savais… Je savais qu'ils avaient des moyens que vous et moi n'avons pas. Que même la police n'a pas d'ailleurs.
— Et le palais ?
— Si. Mais vous savez, ce qui concerne le palais… est politique avant tout. Sinon, ils n'auraient pas tenté d'utiliser Nyx.
— Ce qui s'est révélé être un échec, ajouta Ravinger en croquant dans une tartelette aux fruits.
— Un échec dont nous pourrions être blâmés.
— Vous n'êtes pas sérieux ? s'exclama Ravinger en recrachant presque sa bouchée.
— Oh, nous nous en défendrions, n'ayez crainte. Je veux juste dire que je ne suis pas certain que Lord Gawlish prenne les torts à son compte.
— Celui-là…

Mais Ravinger étouffa la bordée d'injures qui lui vint en engouffrant le reste de la tarte dans sa bouche et en mâchant d'un air obstiné.

— Au pire, nous lui enverrons madame Egerton ! lança Ward avec un sourire.
Le blaireau ricana en avalant et en s'essuyant la bouche.
— Vous avez raison ! Elle n'en ferait qu'une bouchée ! Ha ha ! Mais que croyez-vous qui nous attende à notre arrivée ?
— Vous ne cessez de poser les bonnes questions, mon ami. Je ne sais pas lire l'avenir… Et c'est à vous qu'on est venu faire une annonce, vous vous rappelez ?

Ravinger se rappelait. Et il commençait à être fatigué de cette grenouille qui ne semblait pas vouloir le lâcher.

— Vous avez une idée de ce que ça peut vouloir dire, tout ce charabia ?

— Pas encore, mais quelque chose me dit que nous finirons bien par le savoir.

Sur ces mots énigmatiques, la porte du compartiment s'ouvrit sur deux compères à la trogne peu avenante.

— Edwin ! J'tavais bien dit qu'j'les avais vus ces deux sales orchidoclastes !

Jamais tranquille

Ward bondit de son siège tandis que le sanglier se ruait en avant. Ils se rencontrèrent à mi-chemin dans un chaos de jambes et de bras alors que le fameux Edwin faisait son entrée suivi d'un troisième larron. Edwin se jeta sur Ravinger, son bec de cygne claquant d'un air mauvais et le canard derrière lui en fit autant.

— Vas-y, Ezra, on s'occupe du gros ! lança le cygne en empoignant Ravinger.

Ce dernier, outré, suivi le mouvement et fonça tête baissée vers le cygne et le canard. Sa tête heurta le menton d'Edwin qui s'affaissa au sol et laissa le blaireau face au canard qui aurait pu devenir rouge de colère s'il n'avait été vert.

— Foi de Reggie, je vais te faire la peau à toi et ton copain le rouquin ! s'égosilla le canard.

Le sang de Ravinger ne fit qu'un tour.

— Vous n'avez aucune éducation ! s'écria-t-il en attrapant un éclair qu'il coinça dans la gueule du canard étouffant ainsi ses incivilités. Et puis je ne suis pas gros.

Mais ce dernier se débattait comme un beau diable et si Ravinger avait eu de la chance avec l'autre ahuri d'Edwin, il avait plus de difficultés avec celui-ci. D'ailleurs, Ward semblait lutter aussi. Ces deux-là étaient vraiment costauds et remontés.

Les coups pleuvaient des deux côtés et quand Ravinger encaissa un crochet, il pivota sur lui-même et tomba en arrière sur la banquette. En un instant il vit le canard se jeter sur lui et replia d'instinct ses jambes, et tendit un bras vers le cliquet de sécurité de la fenêtre. En un éclair, Reggie fut sur Ravinger, on entendit un *CLAC*, il y eut un courant d'air et le blaireau empoigna le veston du canard et déplia les jambes tel un ressort. Reggie fut projeté par l'ouverture dans un long « Aaaaaaaah ! » qui se perdit au loin.

Sans perdre un instant, Ravinger attrapa sa valise et la lança en travers de la tête d'Ezra qui l'évita, mais ce faisant ne vit pas arriver le coup de pied de Ward qui l'atteignit en pleine poitrine et l'étala de tout son long.

— Merci, mon ami… haleta le renard.

Ravinger enjamba le cygne pour aider son ami à se remettre d'aplomb quand Ward l'empoigna pour le faire basculer sur sa banquette.

— Attention ! cria le renard en se redressant.

Mais avant qu'il ait pu porter un coup, il y eut un bruit sourd et Edwin s'affaissa à nouveau sur lui-même pour laisser apparaître un golden retriever vêtu d'un uniforme de la compagnie des trains de la TransAlba.

— Messieurs, vos tickets s'il vous plaît, lança-t-il avec un sourire narquois en regardant les hommes à terre.

Ravinger jeta un œil vers la fenêtre, mais Ward le dissuada d'en faire mention. Tous les deux se relevèrent et s'époussetèrent un peu, puis Ravinger contempla avec tristesse l'étalage de ses gâteaux à moitié écrasés. S'il s'était écouté, rien que pour ça, il aurait porté un coup supplémentaire, peu importait qu'ils fussent déjà au sol. *Vraiment aucune éducation.*

— Merci… entama Ward.

— Julian, monsieur, lança le golden retriever en remontant sa casquette.

— Merci, Julian, répéta Ward. Vous nous avez rendu un fier service.

— Oh, je vous en prie, monsieur, j'amenais juste ce message reçu pour vous, monsieur, déclara Julian en tendant un câblogramme au renard.

Ward le prit et le fourra dans sa poche.

— Merci, mais si vous le voulez bien, je crois que nous allons faire un brin de ménage avant…

— Oh, bien sûr, monsieur ! lâcha Julian en se baissant pour

attraper le sanglier par les pieds et le traîner dans le couloir.

— On va les poser là, monsieur. Ne vous inquiétez pas, je vais chercher le chef de train, il saura quoi faire, monsieur.

Et quand ce fut fait, quand les deux tiers du trio furent déposés inconscients dans le couloir, Julian partit au pas de course et Ward déplia son message et éclata de rire.

— Quoi ? Quoi ? balbutia le blaireau en se précipitant vers lui.

— Lisez vous-même lui dit le renard, en tendant le bout de papier.

Étonnamment, ce qu'il lut ne le fit pas rire du tout.

« Soyez prudents / STOP / possible attaque pendant votre voyage / STOP / »

Ravinger leva un regard désabusé vers Ward qui se tordait de rire.

— Mieux vaut tard que jamais ! rétorqua-t-il en s'esclaffant.

Ravinger se pinça l'arête du nez et ferma les yeux pour prendre une grande inspiration. Il nettoya la table et sauva ce qui pouvait être sauvé et jeta le reste avec un pincement au cœur. Non, il n'avait pas envie de rire, du tout. Et dire qu'il avait sacrifié un éclair dans la gorge de cet ignoble anatidé. Il espérait secrètement qu'il allait s'étouffer avec, c'était bien là tout ce qu'il méritait.

Ward en avait fini de sa crise d'hilarité et le chef de train était venu s'occuper des deux malotrus. Ravinger n'avait écouté que d'une oreille, mais il avait saisi que les gredins seraient surveillés étroitement et livrés à la police dès leur arrivée. Un problème à la fois, et celui-ci était réglé. Maintenant, il y en avait un autre : Ward avait entrepris de répondre au message qu'ils avaient reçu… trop tard, et après autant d'émotions, il lui fallait du thé. Pourvu que la voiture-restaurant ait autre chose que ce jus d'algue qu'on lui avait servi un jour lors d'un déplacement dans le nord. De toutes les mauvaises expériences culinaires qu'il avait faites, celle-ci était restée gravée dans sa mémoire. Malheureusement, il n'était pas au bout de ses surprises.

1er jour de la 1ere semaine d'Ogronios
À bord du train pour Drumnagarroch

Eh bien. Voilà ce qui s'appelle un voyage mouvementé. Et j'ai peur que les choses n'aillent pas en s'arrangeant. J'ai fait envoyer un message par pitourtelle à la gare d'arrivée en souhaitant qu'elle ne soit pas interceptée. Il faut espérer que ces flux de malandrins soient au compte-gouttes, sinon nous serons vite submergés. J'ignore ce qui a été mis en place à Drumnagarroch ni même à l'endroit où nous nous rendons ensuite si nous devons bouger plus loin... Pourvu que nous ne soyons pas en sous-nombre.

J'ai fondé tellement d'espoirs sur ce voyage et... un échec serait terrible. Les conséquences seraient terribles. Si Nyx parvenait véritablement à s'échapper... Je n'aurai sans doute de cesse de le poursuivre quitte à parcourir le monde à sa recherche. Je ne pourrai pas me pardonner d'avoir à ce point manqué de discernement et d'avoir pris les mauvaises décisions.

La réussite du plan m'inquiète tout autant, je dois l'admettre. J'ai fait le pari de confier un individu dangereux à une structure pour le moins mystérieuse et sans aucun doute puissante. Si elle utilisait cette puissance pour le mal ou si elle s'alliait à Nyx pour... j'avoue que je préfère ne pas y penser. Je ne veux pas davantage partager mes craintes avec Ian. Si les choses devaient mal tourner, mieux vaut pour lui qu'il ignore le plus de choses possible au sujet de cette organisation. Ce sera sa seule planche de salut. Et le fait qu'il ne pose aucune question me fait dire qu'il saisit les implications du problème. Ce que j'espère à ce stade, c'est que nous trouvions une personne de confiance à notre arrivée et que toute cette histoire soit vite conclue. Et bien.

Une vieille connaissance

Le reste du voyage se déroula sans encombre, au rythme du bercement du train et du battement des rails, ce qui n'empêcha pas Ravinger de jeter des coups d'œil réguliers à la porte du compartiment et de tendre l'oreille à chaque fois qu'il lui semblait que des pas approchaient dans le couloir. Il s'était même arrêté de respirer une fois ou deux quand quelqu'un était passé devant la porte.

Ce fut donc avec un mélange de soulagement et d'angoisse qu'ils arrivèrent en gare de Drumnagarroch et qu'ils descendirent du train pour découvrir un paysage de brume sur fond de coucher de soleil. Une combinaison étrange de vapeurs blanchâtres émanant d'un sol gris qui se teintait de roses et d'oranges en s'élevant vers le ciel.

Le blaireau étudia le quai pratiquement vide, sans trop savoir vers qui se tourner. Le modeste bâtiment aux préaux tout en fééronneries était ravissant, mais Ravinger n'était pas vraiment d'humeur à s'attarder sur les mérites des artisans locaux. Il sentit Ward tirer sur sa manche et quand il pivota vers lui, le renard lui fit un signe de tête pour lui indiquer un… Ravinger eut un frisson, puis une nausée. *Un homme ? Tout petit. Non.*

— Ward ! Qu'est-ce que…?
Le blaireau s'étrangla avec sa propre phrase.
— N'ayez crainte, répondit le renard en lui tapotant le bras.

Il dut quand même le tirer pour l'amener à le suivre, et Ravinger regardait la distance entre eux s'amenuiser sans trop comprendre. Ward avait l'air détendu et le… le bipède en costume souriait. Quand il enleva son chapeau pour les saluer, Ravinger sentit la chape de plomb lui glisser des épaules et une grande fatigue l'envahir. C'était beaucoup trop d'émotions en si peu de temps. Les oreilles légèrement pointues qu'il découvrit suffirent à faire perdre quelques années de vie au blaireau. Peut-être soupira-t-il, peut-être pas, mais Ward eut l'air de ressentir son soulagement, car il lui lâcha la manche et cessa de tirer pour le faire avancer.

— Monsieur Nissesen ! Quelle agréable surprise ! Arran ne nous a pas menti, je pouvais difficilement me tromper sur mon interlocuteur, lança Ward en lui serrant énergiquement la main.

Tout sourire, le tomte répondait à ses salutations avec la même joie complice.

— Mon cher, quel plaisir de vous revoir après tout ce temps ! Knempet[5] a insisté pour que je vous transmette ses amitiés.

— Vous en ferez de même. J'espère que cette aventure se conclura aussi bien que la précédente. Je ne vous cache pas que je suis inquiet sur la façon dont tout cela va se terminer.

Ravinger leva un sourcil. Il n'avait pas anticipé une confession aussi brutale de sa part. Et il n'avait pas très envie de s'attarder sur les implications d'un tel aveu. Si Ward était vraiment si anxieux alors… *Non.* Il ne voulait pas y penser. *Pas maintenant.* Et même jamais, si possible.

— Je l'espère aussi, répondit le tomte.

— Je vous présente mon ami Ian Ravinger, qui est arrivé au 881b peu après votre départ. Nous travaillons ensemble désormais. Et Ian, je vous présente monsieur Nissesen. J'ai eu l'occasion d'aider son fils il y a quelque temps.

Ravinger et le tomte se saluèrent.

— Oh, je vous en prie, appelez-moi Buðli.

— Très bien. Alors, dites-moi, où en sommes-nous ? rétorqua Ward.

Le tomte les guida le long du quai pour contourner le petit bâtiment de la gare.

— Eh bien, nous avons suivi le docteur Nyx jusqu'à l'île de Skiona et m'est avis que c'est la destination qu'il cherchait à atteindre. Il semble s'être installé dans les ruines du château de Brochmul. Très honnêtement, tout le monde ici considérait que les vieux

---

5 : Voir tome 0 « Le tomte abandonné ».

vestiges étaient abandonnés depuis longtemps. Il n'y a que quelques hurluberlus à la recherche du monstre du lac qui passe dans ce coin de temps en temps et même les locaux n'ont pas l'air de vraiment croire à cette histoire. Quoi qu'il en soit, il n'a pas bougé depuis qu'il est arrivé là et nous avons établi des campements tout autour du lac aussi vite que possible.

— Vous savez s'il est seul ? demanda Ravinger.

Nissesen fit une grimace et les invita à grimper dans la carriole qui les attendait.

— Difficile à dire, répondit le tomte une fois qu'ils furent assis et qu'il eut fait signe au conducteur de partir. J'ai d'ailleurs bien reçu votre câblogramme. Je suis désolé que mon message ne soit pas arrivé plus tôt. C'est un soulagement que vous soyez arrivés sains et saufs… déclara le tomte en baissant les yeux devant le regard lourd de reproches de Ravinger. Hum… Quoi qu'il en soit, plusieurs des camps ont intercepté certains de ses alliés qui tentaient de le rejoindre, mais qui sait si d'autres n'ont pas réussi à passer nos barrages ou à le rallier avant que nous nous installions ?

Ravinger soupira et Ward avait l'air pensif.

— Tout le monde vous attend ce soir, pour faire le point. Vous serez soulagé d'apprendre que c'est moi qui suis en charge de cette mission. Et je vous assure que j'ai pris la mesure de ce que vous m'avez dit à propos de cet individu. Si son réseau d'influence est aussi important que vous le pensez, il est en effet vital qu'il soit mis hors d'état de nuire et placé en dehors des différentes sphères d'influence politique dont il pourrait prendre avantage. Et vice-versa.

— C'est bien mon avis, répondit Ward.

— Hum… et vous avez… mis les moyens, risqua Ravinger.

— Disons que ma… hiérarchie a compris la gravité de la situation, répliqua Nissesen en jetant un regard interrogatif à Ward.

Le renard fit un léger non de la tête et le tomte y répondit par un hochement imperceptible. Ravinger avait beau être un peu vexé, il savait que la confiance était quelque chose qui se gagnait, et que s'il était laissé en dehors de certaines choses, c'était peut-être pour son bien. Ça restait difficile à avaler. Quoi qu'il en fut, il préférait se dire que ce qui était important ici c'était que Nyx soit donné à manger au monstre du lac ou envoyé par paquet postal au fin fond de la forêt Alpizonienne, ou même livré en pâture aux humains. À ce stade, même ça, Ravinger était prêt à le faire, aussi épouvantable que cela paraisse. Ward avait failli mourir une fois déjà en arrêtant ce criminel et c'était une fois de trop.

Une vision d'horreur

Avec la nuit tombée, l'étrangeté du décor ne fit qu'augmenter. La brume s'était densifiée et la silhouette des ruines du château se discernait à peine dans l'ombre. D'ailleurs, l'île elle-même avait disparu sous la couche de brouillard et Ravinger en venait à douter de son existence.

— Ian, dit soudain Ward en lui posant une main sur l'épaule. Venez, nous sommes attendus.

Le blaireau se détourna de la fenêtre par laquelle il avait fixé le paysage. La maison près du lac dressait sa structure de pierre au bord de la plage de galets plongée dans le noir. Quand il tendait l'oreille, il pouvait entendre le clapotis de l'eau et le vent qui couchait les longues herbes sur les collines.

— J'espère que cette réunion sera agrémentée d'un repas… je suis sur le point de m'autodigérer, répliqua Ravinger.

Ward rit et tous deux se dirigèrent vers la pièce principale. Cependant, dès le couloir, le blaireau repéra une odeur inhabituelle. Quelque chose qu'il n'aurait su définir, tout en préférant ne pas avoir vraiment de réponse à ses interrogations. Il sentait, dans tous les sens du terme, qu'il n'allait pas aimer ça.

Et ses doutes furent confirmés quand ils débouchèrent dans la salle à manger où une dizaine de personnes s'étaient rassemblées autour d'une table massive en bois brut qui aurait fait les plus belles heures des concours de lancer de tables au festival des bûcherons. Tous les regards se tournèrent vers eux, délaissant pendant un bref instant la chose puante et informe qui fumait dans un plat. *Par tous les ancêtres de madame Egerton. Que toutes les souris me viennent en aide.* Qu'était-ce donc ?

— Ah ! s'écria M. Nissessen. Venez donc, installez-vous ! Nous allons profiter du dîner pour faire les présentations. Tout le monde vous attendait avec impatience. Messieurs Ravinger et Ward, je vous présente, Garrick, Teon, et Poppy qui seront sur le terrain avec nous, Milton, le cuisinier et Vala qui gère toute la logistique. Vous avez ensuite Hereward et Seger qui coordonnent les camps 2 et 3 et Jillian qui fait de même pour le camp 4.

Tout le monde hocha la tête, se salua et lâcha les formules d'usage.

— Nous avons des postes d'observation entre les camps afin de couvrir le plus de terrain possible évidemment, c'est ce qui nous a permis d'attraper une bonne dizaine d'hommes de main qui tentaient de rejoindre l'île par divers moyens, lança l'ourse Jillian en se frottant une oreille. Nous avons recoupé beaucoup de vos informations en les interrogeant.

— Ils ont été livrés à la police sous couvert de violation de domicile, et ont été arrêtés pour tous les méfaits pour lesquels ils étaient poursuivis… ajouta Teon en léchant ses babines de dalmatien. Je ne vous cache pas que ça me nifle de faire les basses besognes de la garde. C'est une belle bande d'incapables !

Ward sourit, mais ne renchérit pas et le tomte abrégea en encourageant la tablée à commencer le repas. Ravinger et Ward s'assirent et on fit le service. Le blaireau sentait le malaise monter. Il ne souhaitait offenser personne, mais… il n'était pas bien sûr d'arriver à manger un bout de ce qu'on avait posé dans son assiette. Le plat ressemblait à un ballon éventré duquel voulait s'échapper un kloug de viande hachée, accompagné d'une odeur digne d'un fond de vase des égouts du dernier sous-sol des latrines des enfers. Il aurait bien voulu prendre une longue inspiration pour retrouver son calme, mais respirer menaçait de lui faire friser les moustaches. L'apnée était plus prudente. Il observa discrètement ses congénères de tablée qui paraissaient peu impressionnés et avaient commencé joyeusement à donner des coups de fourchette. Personne ne s'était évanoui, personne n'avait perdu connaissance en se tordant de douleur et personne ne s'était mis à baver de la mousse verte. Ravinger allait devoir s'en contenter. Il jeta un œil à Ward qui lui fit un sourire moqueur en saisissant sa fourchette. Bien, de toute façon il n'allait pas y couper. Prenant son courage à deux mains et sa fourchette à une, il la plongea dans la viande, attrapa autant de purée que possible avec et enfourna le tout. *Que tous les pukas[6] de la pomme de terre soient avec moi...* À partir de là, il s'attendit au pire. Il attendit encore... sans que celui-ci n'arrive. Surpris, il ouvrit les yeux sans même avoir réalisé qu'il les avait fermés. De crainte sûrement que la bouchée ne lui explose à la figure. Le tout était étonnamment... doux. Et n'avait définitivement pas le goût de l'odeur. Cette odeur... Il reprit une bouchée pour s'en assurer. Non en effet, c'était... comme un porridge épicé avec un léger goût de viande et d'herbes fraîches. Et la purée de carabaga était un délice. À cet instant, toute la tablée éclata de rire.

— Bienvenue en Alscottia ! lança le cuistot en levant son verre. Nous n'aurions su vous recevoir sans vous préparer du hoggvis ! s'écria le bouc en secouant ses cornes de rire.

— Ha ha ! Ne vous inquiétez pas ! enchaîna Poppy, nous y avons tous eu droit ! Et nous avons tous fait la même tête ! avoua la petite chatte grise.

Ils rirent à nouveau, et Ravinger se joint à eux. Il espérait rentrer au 881b avec la recette... Madame Egerton ferait une de ces têtes !

Mais malgré la bonne humeur ambiante, le blaireau sentait bien qu'une certaine tension régnait, et que maintenant qu'ils étaient tous arrivés là, au bord du lac Brochmul, ils avaient atteint le point de non-retour. Celui où l'affrontement ne faisait plus de doute et Ravinger savait que Nyx n'avait plus rien à perdre. Quoi que Ward ait décidé, pour le blaireau les choses étaient claires : il était hors de question de le laisser jouer les héros et d'aller à nouveau se mesurer à ce criminel en duel. Il avait laissé son ami une fois se risquer à une telle confrontation, et il avait failli y laisser la vie. Qu'importe les conséquences, Ward n'irait seul nulle part tant que Nyx était dans les parages. Et il scella son pacte avec lui-même d'une bouchée de Hoggvis.

---

6 : esprits.

Le point de non-retour

La soirée s'était terminée autour de la cheminée à boire du thé en écoutant Milton, le cuistot, raconter des histoires de fantômes, de monstres et de disparitions dans la lande, et à présent que le jour se levait sur les rives du lac Brochmul, Ravinger pouvait voir danser toutes sortes de formes dans la brume qui flottait au-dessus de l'eau. Ce pays excitait beaucoup trop l'imagination. Ou alors toutes les créatures étranges qui souhaitaient rester discrètes étaient venues s'y cacher… *L'un n'empêchait pas l'autre, comme dirait Ward.*

— Ah, bonjour, mon cher ! lança le renard en le voyant arriver dans le salon. Vous êtes pile à l'heure pour le petit déjeuner.

Ce qui confirmait le jour déjà bien levé. C'était une phrase comme le blaireau les aimait. Il salua l'assemblée préalablement installée et discutant déjà de l'organisation de la journée. Si la coutume voulait qu'on travaille en mangeant, pour Ravinger, c'était une coutume adoptée.

— … Nous devons agir et vite. Le camp 4 a à nouveau intercepté un raton laveur qui essayait de rejoindre l'île à la nage cette nuit. Qui sait combien vont encore arriver comme ça. Et qui sait combien sont passés entre les mailles du filet ? Nous ne devons pas lui laisser le temps de se préparer davantage ni de réunir plus de monde. Au pire, nous serons à un contre un, s'exclama Garrick en grattant son long cou de poney.

Quelques poils beiges volèrent.

— Combien en avez-vous attrapé depuis que vous êtes là ? demanda Ward.

— Oh, une bonne dizaine, répondit Jillian.

Tous hochèrent la tête.

— C'est tout ? Ne put s'empêcher de murmurer Ravinger.

Des visages surpris se tournèrent vers lui.

— Excusez-moi, je veux juste dire que… il me semble qu'il est bien plus entouré que ça. Je… bredouilla le blaireau.

— Je vois, répondit Vala. Vous craignez qu'une plus grosse vague arrive, c'est cela ? s'enquit la brebis noire.

Ravinger hocha pensivement la tête en mordant dans une saucisse fumée dont l'odeur l'avait assailli dès son entrée dans la pièce.

— Vous voyez ? Nous devons agir et vite, reprit Garrick.

Il y eut un murmure d'assentiment autour de la table.

— Très bien. Dans ce cas, nous allons nous tenir prêts pour ce soir. Veillez à ce que les canots soient parés, et dites à Purdey de lancer le rituel de protection, nous en aurons besoin. C'est tout ce que nous avons sous la main, mais ça pourra faire la différence. Vala, assurez-vous que le peu d'armes que nous avons soit opérationnel et prévenez Thane d'être vigilant et de préparer l'infirmerie au cas où, déclara Poppy en plissant ses yeux gris de félin.

— Eh bien… je crois que nous y sommes, lâcha Ravinger.

— Oui, mon ami, je le crois aussi, répondit Ward.

— Que ceux qui peuvent prennent autant de repos que possible aujourd'hui, nous aurons besoin de forces ce soir. Le départ sera donné à Agla pile[7], de tous les camps simultanément. Tenez-vous prêts à l'heure dite.

Tout le monde opina du chef et sauça son assiette ou but sa tasse de thé et se leva pour vaquer à ses occupations. La table se vida en un coup de vent et il ne resta plus que Ravinger, Ward et monsieur Nissesen.

— Vous vous sentez prêts ? demanda le tomte.

Le blaireau hocha la tête.

— Je crois qu'il est sage d'agir vite, laisser plus de temps à Nyx ne peut que lui offrir davantage d'opportunités de nuire, dit Ward.

— N'y a-t-il rien que nous puissions faire pour vous aider ?

---

7 : 22 H.

s'enquit Ravinger.

Le tomte sourit.

— N'ayez aucune inquiétude, ce sont des équipes rodées et efficaces, même dans les situations les plus tendues. Reposez-vous de votre voyage afin d'être prêt le moment venu, répondit-il.

Le blaireau hocha à nouveau la tête et pivota vers le renard.

— Je vais faire le tour du lac histoire de repérer un peu les lieux, voulez-vous m'accompagner ? demanda Ravinger.

— Très volontiers.

— Tenez, dit Ward en tendant une paire de binoculaires à Ravinger en descendant vers la plage de cailloux.

— Il ne reste pas grand-chose de ce château, dit le blaireau en observant le vieux bâtiment à travers les lentilles grossissantes. La tour semble encore en bon état, à l'exception des créneaux à moitié écroulés… Mais en dehors de ça… Le reste fait peine à voir. Il doit rester deux pans de murs incertains et… un bout de pont effondré dans l'eau. Les autres tours sont tombées et ce qui demeure ne m'a pas l'air bien solide. Quelle curieuse idée. J'avais imaginé quelque chose de plus…

— Grandiloquent et maléfique ? Une grande bâtisse aux tours pointues taillée dans de la pierre noire ? demanda Ward.

— Mmmm… Oui. Avouez que ça cadrerait davantage avec le personnage.

— Ha ha ! Vous n'avez pas tort, mon ami. Mais moi, ce qui m'inquiète vraiment… c'est ce qu'il y a dessous.

— Oh. Oui. Je vois. Vous pensez qu'il s'est installé dans les caves. Ce serait diablement malin, maintenant ça lui ressemble tout à fait. Ainsi personne ne remarque rien… Mais tout de même… Pourquoi se retrancher ici ? Au milieu de nulle part, sur une île coupée de tout…

— Je ne sais pas, répondit Ward dans un souffle. Mais je sens que nous n'allons pas aimer du tout la réponse. Nyx ne nous a jamais déçus en termes de mauvaises surprises, et j'ai peur que nous ne soyons pas au bout. Quoi qu'il y ait sur cette île, et malgré le discours rassurant de Nissesen, je crains qu'ils n'y soient pas si bien préparés que ça.

Ravinger soupira en laissant tomber les binoculaires. Puis, il embrassa l'île du regard et l'eau du lac qui clapotait ici et là entre les bancs de brume.

— Bien, je vais m'assurer du menu de notre prochain repas, lança Ravinger en retournant vers la maison.

Au bout de la plage, la purée de pois les entourait encore et le paysage ne cessait de se transformer sous leurs yeux grâce aux volutes de vapeur mouvante.

— Vous pensez que j'ai fait le mauvais choix ? demanda Ward sur le chemin.

Surpris, Ravinger s'arrêta et pivota sur son ami.

— Non, répondit le blaireau. En réalité cette idée ne m'a pas effleuré.

Le renard eut l'air soulagé.

— Mais… je me demande seulement si un monde dans lequel évolue un tel personnage est un monde sûr, ajouta Ravinger en fixant les collines au-dessus de la brume.

— À quoi pensez-vous ?

— Je ne sais pas. Je ne dis pas que… Je ne dis pas qu'il faut s'en débarrasser. Mais je vous avouerai que s'il tombait du haut d'un volcan, j'en serai sans doute soulagé… Vous croyez que ces gens parviendront à le tenir tranquille ? À l'isoler du reste du monde ?

— Très honnêtement… De tous ceux que je connais, ils me semblent les plus à même d'y arriver. De toute façon, vous avez bien vu ce qu'il s'est passé lorsque nous avons confié cette mission à la Garde.

— Sur ce point, je vous trouve injuste, si le palais n'avait pas interféré, la Garde aurait sans doute fait son travail.

Ward soupira.

— Oui, peut-être. Mais connaissant Nyx, il aurait trouvé à s'échapper, comme il l'a fait du palais. J'en suis convaincu.

Ravinger acquiesça.

— Hélas, je suis bien d'accord avec vous, répondit-il. Mais c'est tellement…

— Frustrant ?

— Oui. Dites-moi, et… soyez-franc. S'il y était vraiment obligé, s'il était acculé… Croyez-vous qu'il… enfin qu'il…

— Qu'il irait jusqu'à nous tuer ? demanda Ward

— Vous. Est-ce qu'il irait jusqu'à vous tuer ?

Ward prit une grande inspiration et baissa les yeux.

— Eh bien oui. Je crois que oui. De mauvaise grâce sans doute, mais je crois que son intérêt passe avant le reste. Et cela ne devrait pas vous surprendre, avoua Ward.

Le blaireau soupira.

— J'avais espéré que quelque part… Non. En fait, pour être honnête, je l'espère toujours. Je crois qu'une part de lui fera tout son possible pour vous épargner. Ne serait-ce que pour continuer à avoir quelqu'un à détester !

— Ha ha ha ha ! Mon cher ! Je vous avoue que je ne sais pas trop quoi penser de cette idée ! Le connaissant, je finirai empaillé sur une étagère… rétorqua Ward en se lissant les moustaches.

Ravinger se figea et sentit un frisson d'horreur le parcourir. Ils se remirent en marche au son des graviers crissant sous leurs chaussures. Un léger *bloup* résonna à la surface du lac, étouffé par le brouillard qui les enveloppait.

Ravinger n'y prêta guère attention, l'esprit trop encombré de questions sans réponse et de scénarii plus catastrophiques les uns que les autres.

Rien n'est jamais simple

Buðli Nissessen avait les yeux rivés sur son cadran et sa longue barbe blanche brillait à la lueur de la lune. Toutes les lumières avaient été éteintes et toute l'équipe attendait, le regard fixé sur le tomte, à l'affût du mouvement qui lancerait les troupes vers l'île de Skiona. Dissimulés à la fois par la nuit et la brume, ils comptaient pouvoir atteindre le château de Nyx et en trouver l'entrée sans se faire repérer trop tôt. Le secret étant dans la synchronisation. Tous se devaient de partir et d'arriver en même temps afin de prendre l'ennemi en étau, en escomptant que l'effet de surprise et le nombre le poussent à se rendre. Ce dont Ravinger doutait. Malgré tout, l'espoir menait un combat sans merci avec le sentiment de défaite qui lui nouait les tripes. Chaque affrontement avec Nyx avait mal tourné et il ne voyait pas pourquoi celui-ci ferait exception. Et pourtant… Il le voulait. Il le voulait vraiment. Il voulait vraiment pouvoir se dire que cette fois serait la dernière, qu'ils allaient mettre fin à ce jeu du chat et de la souris, qu'ils allaient porter un coup fatal au monde du crime et que demain serait un jour meilleur pour eux et pour tout le royaume de Sidhedib. Il soupira et Ward lui tapota sur l'épaule. Lui comme les autres avaient le regard rivé sur Nissesen, les doigts crispés sur le bord de la barque dans laquelle il était installé avec Ward, en compagnie de Garrick et Poppy. Les deux autres chaloupes étaient pleines elles aussi et il y en avait autant sur le départ dans les autres camps. Cela suffirait-il ? En même temps, Ravinger douta que la Garde ait pu faire davantage. Une petite voix ne cessait de lui répéter que quand même, la dernière fois ils avaient reçu l'aide de la Brigade de Répression de la Magie Noire et de leurs magiciers. Ce soir, ils n'avaient guère qu'un ou deux mages blancs avec eux et… *Mais autant ne pas y penser.* Nissesen avait sans doute raison : le nombre, la surprise… Il fallait miser sur ce qu'ils avaient.

Le signal fut donné. Dans le plus grand silence, une faible lueur bleue s'alluma et se répéta au loin semblant faire le tour du lac. Un, deux, trois, quatre. Les barques furent poussées sur la plage dans un bruit de graviers et de grognements dus à l'effort. Le bruit de l'eau et des rames que l'on sort… La chaloupe de Ravinger et Ward fut la première à partir à l'assaut du lac. Derrière eux, les deux autres embarcations glissaient sur les cailloux quand des cris retentirent. Abandonnant leurs rames le temps de se retourner, Ravinger et ses compagnons de navigation ne discernèrent rien de plus qu'une mêlée d'ombres gigotant autour des bateaux et des cris étouffés leur parvinrent.

— Continuez! Continuez! fit la voix de Nissesen.

Il y eut un bref silence et Ravinger se leva. Ward lui saisit le bras et le força à se rasseoir.

— Il a raison! Nous devons continuer, rien ne doit nous arrêter! Ils vont s'en sortir, mais nous, nous ne pouvons plus reculer, lança le renard d'une voix déterminée.

— Mais ils sont attaqués! répondit Ravinger.

— Monsieur Ward a raison, fit Poppy. Nous devons continuer. Ils nous rejoindront. Et même si ce n'est pas le cas, ils comptent sur nous!

Ravinger jeta un autre coup d'œil par-dessus son épaule tandis que la barque s'écartait inexorablement de la berge et que les bruits de bagarre s'amplifiaient, noyant parfois les cris dans les éclaboussures de l'eau noire et froide du lac. Ravinger n'avait jamais abandonné personne au combat. Personne. Et pourtant il était là à regarder les ombres mouvantes, luttant pour leur survie, s'éloigner dans le noir sans pouvoir rien faire. Rien? Non, ils avaient raison. Ils devaient avancer. Pour eux. Si leurs compagnons devaient se sacrifier, alors ils se devaient de réussir dans leur mission. Le blaireau hocha la tête avec détermination et saisit la rame pour souquer en rythme et filer vers l'île le plus vite possible. Mais ni le bruit des rames dans l'eau ni celui du raclement du bois et des râles d'effort qu'ils tentaient d'étouffer ne couvraient les cris du combat qui se menait derrière eux.

Ravinger ramait comme si sa vie en dépendait, et c'était certainement le cas. Il n'entendait plus rien derrière lui désormais et le silence qui régnait lui étreignit l'estomac et fit courir un frisson glacé le long de son échine. Il en avait les paumes toutes moites. Il tendait l'oreille en espérant entendre les autres embarcations, mais elles étaient sans doute trop loin et rien ne pouvait les signaler dans le noir. Ils étaient entièrement noyés dans la brume et seule Poppy semblait savoir où ils allaient dans cette purée de pois. C'était elle qui les guidait vers l'île, dans l'espoir de l'atteindre un jour, en vie et avant le lever du soleil.

Un flash éclaira soudain le brouillard dans la nuit et des cris résonnèrent en même temps qu'une sorte d'explosion dans l'eau. Tous se tassèrent dans l'embarcation et se couvrirent la tête dans un réflexe, tandis qu'une série de flashs, de cris et de trombes d'eau saturait la nuit. Poppy leur cria de reprendre les rames et ils se redressèrent tous pour se remettre à l'ouvrage. Avant même de voir le flash les aveugler, ils se sentirent soulevés et projetés sur le côté. La barque heurta quelque chose. L'eau ? Un rocher ? Le bruit mat du choc fut étouffé par l'eau glaciale qui s'engouffra dans le bateau qui roula sur lui-même et se retourna. Dans le chaos et le noir total, Ravinger ne sut différencier le haut du bas que lorsqu'il atteint miraculeusement la surface de l'eau et que la brume dissipée par endroits lui laissât entrevoir la lune qui éclairait doucement l'île et la silhouette désormais menaçante du château au pied duquel il se situait à présent. Il cherchait à droite, à gauche, il ne voyait rien, il ne trouvait personne. Replonger ne l'aiderait pas, il ne verrait rien dans le noir et l'eau était trop froide pour pouvoir y rester trop longtemps. Il devait nager. Nager vers le château. Le plus dur fut de se retenir de crier. Il voulait hurler à pleins poumons pour localiser Ward. À cet instant il se sentait presque prêt à sacrifier toute la mission pour rejoindre son ami. Mais si une chose était certaine, c'était que Ward ne lui pardonnerait pas de faire capoter une telle opération. Il devait le retrouver avant tout, soit, mais en silence. Du moins autant que possible. Il se débattit dans l'eau pour avancer encore et encore, il crut même être arrivé sur la berge à un moment. Il sentit son pied se poser sur quelque chose… la plage ? Un morceau de bois ? Et il se sentit à nouveau projeté vers l'avant, tant et si bien qu'en deux brasses il atterrit la truffe la première sur les graviers de la plage. Il se traîna en toussant sur la terre ferme et s'assit en fouillant les vagues du regard. *Peine perdue,* se dit-il en luttant pour reprendre son souffle tandis que les larmes lui brûlaient les yeux.

— Je suis content de vous revoir ! souffla la voix de Ward derrière
lui.

Ça sent le roussi

— Mon ami ! s'exclama Ravinger en sautant sur des jambes flageolantes et transies de froid.

Il se rendit compte alors qu'il claquait des dents et qu'il tremblait. Ses membres plièrent sous son poids et Ward le rattrapa, mais ils s'écroulèrent tous les deux sur les cailloux. Ravinger étouffa un rire nerveux contre l'épaule du renard qu'il serrait convulsivement contre lui.

— Mon ami, j'ai cru vous perdre encore ! chuchota Ravinger.
Ward lui rendit son étreinte et lui tapota le dos.
— Peut-être vous y habituerez-vous un jour ! répondit-il.
Ravinger eut un rire grave.
— Non ! Je ne crois pas ! lança-t-il en se relevant prudemment.

Ward se redressa à son tour avec l'aide du blaireau et ils jetèrent quelques regards alentour. La barque avait fini par s'échouer sur la plage, mais elle ne contenait plus personne et les rames et les armes qu'ils avaient transportées étaient tombées à l'eau, toutefois, elle était intacte. Le château se dressait non loin d'eux sur leur gauche et sa silhouette était bien plus massive et menaçante que depuis la rive opposée. À moins que ce soit l'effet de la nuit et du froid qui les mordait jusqu'aux os à travers leurs vêtements trempés.

— Venez, dit Ward. Rejoignons les remparts, avec un peu de chance, nous y retrouverons ceux qui auront réussi à échapper à ce carnage.
— Je vous préviens que si l'occasion m'en est donnée, je rase ce qui reste de cette ruine pour enfouir Nyx dessous, lâcha Ravinger dans un grognement. Tout ça… c'est lui, c'est à cause de lui. Allez savoir depuis combien de temps il a préparé son coup. Il n'a pas

élaboré tout ça en quelques nuits.

— Certainement pas. Mais ne le décevons pas, je suis sûr qu'il nous attend… murmura Ward.

— Il va voir ce qu'il va voir, grommela Ravinger en grimpant la pente qui remontait les étendues d'herbe où se dressait le château.

— Venez, ne restons pas à découvert, lança Ward en désignant d'un mouvement de menton le bout de rempart qui s'étirait devant eux et qui plongeait dans l'ombre une partie du paysage.

Ils trottinèrent jusqu'à se fondre dedans et suivre des doigts le mur de pierre en partie effondré. Elle était rêche et s'effritait par endroits.

— Attention, murmura Ward en enjambant des pierres.

Les yeux désormais accoutumés à la pénombre, Ravinger scrutait les environs et tendait l'oreille autant que possible. Mais rien ne lui parvenait en dehors du clapotis des vagues sur le lac. À moins que… devant eux… Quelque chose avait bougé.

— Ward !

— Oui, je l'ai vu. Attendez.

Il se baissa et attrapa deux cailloux pour les taper et les frotter en rythme l'un contre l'autre.

•— —— •• ⁸

La silhouette de Poppy leur apparut soudain dans un rai de lumière et le cœur de Ravinger bondit de soulagement.

— Je suis si contente de vous trouver ici ! lança la chatte grise. Garrick s'en est sorti aussi et il fait le tour de l'autre côté pour voir si d'autres nous rejoignent. Venez ! Il y a une entrée par-là, dit-elle en montrant la courbe des murailles.

Et ils suivirent la chatte aussi vite et aussi silencieusement que possible entre les pierres écroulées et les touffes d'herbe humide, guettant les environs à l'affût du moindre signe de vie ou du moindre

---

8 : « ami » en code morse.

piège.

Tâtonnant dans l'obscurité, Ravinger, Ward et Poppy longèrent le rempart jusqu'à atteindre une grande arche partiellement effondrée, mais qui permettait encore d'entrer dans l'enceinte. Ravinger s'en réjouit dans la mesure où il ne se voyait pas en train de grimper un mur de pierres branlantes, de nuit, dans un costume trempé et transi par le froid. Poppy passa la tête dans l'ouverture.

— Venez, chuchota-t-elle. Je crois que Garrick a trouvé une entrée.

Ils se faufilèrent entre les pierres tombées ici et là et traversèrent ce qui avait dû être la cour principale, fut un temps, tout en restant dans l'ombre le plus possible, jusqu'à atteindre l'angle opposé. De là, ils pouvaient voir la tour qui s'élevait au-dessus du rivage ainsi que la porte qui y menait. Quand ils rejoignirent le poney beige, ce dernier n'était pas en meilleur état qu'eux et Ravinger se rendit compte qu'il boitait.

— J'ai vérifié. La porte est ouverte et je n'ai décelé aucun système de sécurité. Ça ne veut pas dire qu'il n'y en a pas, évidemment, mais… aucun qui soit flagrant en tous cas, dit-il en se laissant glisser le long de la muraille pour s'asseoir sur un rocher.

Il grogna en se penchant pour palper sa cheville.

— Merci Garrick. On va prendre le relais, dit Poppy en se tournant vers Ravinger et Ward qui approuvèrent d'un hochement de tête. Prends ça, au cas où, ajouta-t-elle en lui donnant un petit objet qui ressemblait à un sifflet. Si tu vois filer ce sous-produit des bas-fonds, tu souffles autant que tu peux là-dedans. Avec un peu de chance, ça alertera les autres.

Sur ces mots, elle lui colla la chose dans la main, lui tapota l'épaule et jeta un regard au blaireau et au renard pour s'assurer qu'ils étaient prêts à la suivre. Puis, elle fonça vers l'entrée de la tour en rasant les murs.

La porte était éclairée par la lune et il était évident qu'elle était bien plus récente que l'ouvrage en pierre. Le bois massif semblait solide et n'avait pas vraiment souffert des outrages du temps. D'une patte prudente, Poppy poussa doucement la porte qui pivota sur ses gonds et s'ouvrit lentement sans un grincement, ce qui soulagea grandement tout le monde. Mais en jetant un œil à l'intérieur, ils comprirent vite que les choses allaient devenir un tantinet plus compliquées. Si l'extérieur était sombre, l'intérieur était d'un noir d'encre. Rien n'éclairait la pièce devant eux. Ils auraient pu avoir une salle de bal sous les yeux comme une cave remplie de criminels armés jusqu'aux dents, impossible de se faire une idée.

Prudemment, la chatte grise ouvrit la porte en grand afin de faire rentrer le plus de lumière possible dans la tour et s'engagea précautionneusement dans ce qui semblait être un hall d'entrée, ou en tous cas, une petite pièce.

Ils n'y discernèrent pas grand-chose en dehors d'un escalier en colimaçon qui devait suivre les murs extérieurs de la tour et mener aux étages supérieurs. Ravinger tapota doucement l'épaule de Poppy qu'il peinait à voir dans l'obscurité.

— Voulez-vous que nous fouillions les étages ? Ils n'ont pas l'air très habités. Et…

— Oui, nous sommes arrivés à la même conclusion… Il est plus probable que cet avorton se cache dans les sous-sols. Et autant rester groupés et éviter de nous jeter inutilement dans un piège destiné à ralentir les curieux.

— Très bien, il ne nous reste plus qu'à trouver comment on descend, dit Ward en se mettant à quatre pattes.

— Mais que faites-vous ? chuchota Ravinger en se baissant.

— Je cherche un courant d'air, répondit le renard en tâtant le sol et en frétillant des moustaches.

— Oh ! s'exclama Ravinger. D'accord !

Et aussitôt, ils se mirent tous au ras du sol, chacun dans un coin différent, à la recherche d'un courant d'air traître qui leur montrerait la voie. Glissant les mains sur les pierres, sondant le sol et chaque interstice dans les murs, Ravinger commençait à se faire une carte mentale des lieux et remarquait que rien de superflu n'avait été installé. Comme si rien, en dehors de la porte quasi neuve, ne devait venir trahir la présence d'un occupant.

— Par ici, siffla Poppy. Je crois que j'ai quelque chose. Mais je ne trouve pas le…

CLIC.

Il y eut un léger appel d'air et tous les trois se figèrent. Ils se faufilèrent le plus silencieusement possible près de la chatte qui parcourait de ses doigts le long de l'arête qui ressortait désormais en travers du mur. Ils entreprirent de faire pivoter le tout et en cours de route furent surpris par les quelques rais de lumière qui filtrèrent par l'ouverture. Ravinger s'était attendu à plonger toujours plus profond dans les ténèbres et voilà que la lumière leur montrait à présent la voie.

De très anciennes marches de pierre, usées par les pieds des quelques privilégiés familiers de ce passage disparaissaient en tournant vers les sous-sols du château qui semblaient… vrombir. Le son était léger, presque distant, mais régulier. Tous tendirent l'oreille et Ward appuya une patte contre le mur à l'intérieur de l'escalier dissimulé. Personne n'osa bouger jusqu'à ce que Poppy se décide à poser un pied prudent sur la première marche, puis la deuxième. Elle attendit un moment, rien. Elle descendit encore un peu et Ravinger et Ward suivirent. Quand ils furent sur le point de déboucher dans la salle du sous-sol, immense et illuminée, la salle qui leur paraissait déjà blanche fut illuminée par un flash aveuglant, il y eut un bruit assourdissant et toute la structure se mit à trembler. Il fit soudain chaud. Très chaud. Et sans s'encombrer de plus de discrétion, Ward attrapa la manche de Ravinger d'un côté, celle de Poppy de l'autre et hurla :

— Courez !

En se précipitant pour remonter l'escalier.

La mauvaise nouvelle

Le bâtiment tremblait tellement que prendre appui sur chaque marche était un défi. Poppy perdit l'équilibre et fut rattrapée par Ward qui manqua lui-même de s'étaler deux marches plus haut tandis qu'une pierre passa à deux centimètres de la tête de Ravinger alors qu'ils plongeaient dans l'obscurité du rez-de-chaussée. Aveuglés par la poussière et poursuivis par la vague de chaleur qui émanait du sous-sol, ils se précipitèrent instinctivement vers l'emplacement de la porte tel qu'ils se le rappelaient et ils la franchirent en même temps qu'un nuage de fumée. L'air froid leur fouetta le visage et ils se retournèrent automatiquement vers la tour qui menaçait de s'écrouler à tout moment. Poppy se hâta de rejoindre Garrick, suivie de Ravinger et Ward, mais chaque pas était hasardeux quand le sol même était secoué de soubresauts. C'était comme se trouver à la surface d'un volcan sur le point d'exploser et Ravinger craignait qu'à tout instant le sol ne s'ouvre sous ses pieds pour l'engloutir dans une coulée de roche en fusion.

Garrick se mit automatiquement à souffler dans son sifflet et le son leur vrilla les tympans. Poppy et Ward avaient pris Garrick chacun par un bras et tentaient de le faire avancer le plus vite possible, mais la manœuvre s'avérait un échec. Il leur fallait quitter l'enceinte de ce château branlant avant que tout ne leur tombe sur la tête, voire même que cette partie de l'île ne s'effondre dans le lac. Ravinger s'immobilisa quelques secondes et se précipita vers eux pour se planter devant Garrick.

— Pardonnez-moi, mais je crois que nous n'avons pas le temps pour ça, déclara le blaireau en jugeant de la taille du poney.

Garrick blêmit.

— Vous n'allez pas l'abandonner ! cria-t-elle.

Elle aurait giflé Ravinger que c'eut été pareil, mais il ne réagit pas, l'urgence de la situation prenant le dessus.

— Vous permettez ? demanda le blaireau sans vraiment attendre de réponse.

Mais le poney lança tout de même un « Faites ! » et Ravinger lui attrapa un bras pour le faire glisser sur son épaule en pliant ses genoux. Se relevant, il avait soulevé Garrick et ce dernier se trouva secoué comme un sac de patates tandis que Ravinger avait repris la course, suivi de Ward et Poppy, un peu honteuse.

— Je suis désolé de vous malmener ainsi mon cher, mais… ahana Ravinger en courant aussi vite que possible sous le poids du poney.
— Mon ami… croyez bien… que je… vous en suis redevable ! balbutia Garrick au rythme des ballottements.

Ils ne s'arrêtèrent pas plus de galoper quand ils eurent passé l'ouverture de l'enceinte tant tout continuait de vibrer sous leurs pieds et le vrombissement leur paraissait de plus en plus fort malgré leurs efforts pour s'éloigner de la source.

— Rejoignons le canot ! lança Ward.

Mais un fracas assourdissant les stoppa net. La tour était tombée. Et le nuage de poussière blanchâtre qui se propageait dans la nuit était désormais éclairé d'une lumière jaune, vive, aveuglante. Pendant un instant, le sol ne trembla plus et il y eut un moment de silence terrible et pesant pendant lequel tous se demandaient ce que la seconde d'après allait déclencher. Dans cet instant suspendu où tous fixaient l'endroit brumeux où la tour s'élevait encore quelques secondes auparavant, une forme gigantesque s'éleva, entourée de poussière et émergeant de la lumière dans un silence de mort, ponctué par les dernières pierres s'écroulant mollement dans l'eau du lac.
Et tous découvrirent le monstre géant devant eux, figés par la vision surréaliste. Deux jambes, deux bras colossaux greffés à torse incroyablement massif au-dessus desquels une tête se tournait lentement vers eux dans un bruit métallique issu des pires

cauchemars de Ravinger. C'était pire que les girafes du hangar de Simidh[9], pire que le télescope de l'observatoire[10], et pire que les canons monumentaux du champ de bataille. Ça se dépliait sans fin dans un grincement infernal pour se tenir debout. La silhouette de ferraille aux membres démesurément hauts aurait pu enjamber des immeubles entiers et les écrabouiller d'un coup de patte... *velue?* Oui. Oui, ses membres étaient recouverts d'une sorte de fourrure qui donnait à cette machine un aspect des plus dérangeants : mi-machine, mi-créature... *Un... Un bigfoot! Un bigfoot mécanique!* Pourtant, étrangement, au lieu de rester statufié devant cette abomination, le blaireau fut le premier à se remettre à courir.

— Remuez-vous! hurla-t-il en filant vers la plage, Garrick toujours sur son dos.

Ils dévalèrent la peinte gravillonneuse vers la plage tandis que la chose mécanique bougeait lentement pour s'extraire des décombres de la tour.
Ravinger fonça vers la barque.

— Vite! Aidez-moi! Retournez-la! s'époumona-t-il avant que Ward et Poppy ne se précipitent.

À peine eurent-ils déposé Garrick dans la barque qu'une main de la taille de leur salon s'abattit tout près d'eux. Ravinger entama de pousser la barque le plus loin possible du rivage, tandis que Poppy montait à son tour. Mais avant que Ravinger et Ward aient pu les rejoindre, une autre main percuta la plage.

— Fuyez! C'est moi qu'il veut! hurla Ward.
— Quand les poules auront des dents! répondit Ravinger en poussant la barque. Sifflez dans votre machin et ralliez les autres! lança-t-il à Garrick et Poppy.

Ward et Ravinger se jetèrent un dernier regard et d'un commun

---

9 : Voir le tome 2 : « La sirène bipolaire ».
10 : Voir le tome 3 : « La tarentule bègue ».

accord silencieux entreprirent de courir vers la plage, en sens inverse du canot. Et tandis qu'ils galopaient en remontant la plage, un pied immense recouvert de fourrure leur barra le passage, confirmant les craintes de Ward. Cette chose, c'était Nyx. Enfin, non… Disons… qu'il devait être dedans. *Dans cette machine…* l'idée fit frémir le blaireau, mais il n'eut pas le temps de s'y appesantir, car c'était bien eux qu'il voulait.

— Je crois qu'il ne mentait pas, haleta Ward. Il veut en finir.

— Les falaises ! lança Ravinger.

Et ils se mirent à courir en zigzags au milieu des étendues herbeuses de l'île, nues et démunies de tout espoir de cachette.

— Vous pensez à quoi exactement ? demanda Ward. J'ai peur de comprendre, conclut-il en ahanant, sans cesser de courir tandis que deux poings lancés par les longs et puissants bras mécaniques s'abattaient sur leur gauche.

Un concert de sifflets s'éleva d'un peu partout, rallumant une flamme ridiculement fragile dans le cœur de Ravinger. Comment pourraient-ils les aider ? Comment pourraient-ils faire face à ce… ce robot yéti gigantesque avec le peu de moyens qu'ils avaient ? Ils allaient se faire marcher dessus, tout comme eux.

Pourtant ils continuaient de courir, à gauche à droite, évitant les pieds et les poings qui s'abattaient toujours plus près. Jusqu'à ce qu'ils arrivent au bord de la falaise et que Ravinger agrippe la manche de Ward et l'entraîne avec lui pour sauter dans un cri.

Le dernier face à face

Quand le froid le mordit et que quelques lueurs apparurent ici et là, Ravinger se dit qu'il n'était pas mort. Pas encore. Et les bruits d'eau brassée accompagnés d'une voix appelant son nom appuyèrent le fait que Ward ne l'était pas non plus.

— Rappelez-moi de ne jamais me balader au bord d'un quelconque cours d'eau avec vous ! lança un Ward dégoulinant.

Ravinger était trop tiraillé entre le rire et les larmes pour répondre, et tout autant préoccupé par leur poursuivant pour se laisser aller maintenant à un débordement d'émotions. Il chercha l'île des yeux et trouva vite l'à pic vertigineux de la falaise qu'ils venaient de dégringoler. Au-dessus d'eux, la figure sombre et inhumaine du monstre mécanique les dominait de toute sa hauteur.

— Je crois qu'il hésite à sauter… articula Ward en résistant à l'envie de claquer des dents.

S'ils ne sortaient pas vite de l'eau, ce n'est pas Nyx qui les aurait, mais le lac. Et ils mourraient bêtement de froid, perdus dans la brume de cette île maudite.

— J'avais un peu compté là-dessus. Je vous avoue…

Mais Ravinger ne termina pas sa phrase, les yeux rivés avec horreur sur la silhouette gigantesque qui s'était désormais accroupie pour entamer de descendre en s'accrochant au rebord. Elle était à présent suspendue par les bras au haut de la falaise, les pieds cherchant un appui sur les rochers.

Ward et Ravinger se retournèrent vers la berge opposée qui leur parut aussi lointaine et inatteignable que si on leur avait demandé de traverser un océan. Le blaireau sentit le goût amer de la défaite dans sa bouche. Ward se mit à nager vers la rive et Ravinger le suivit dans un réflexe. L'énergie qui l'avait fait fuir tout à l'heure et sauter du haut de la falaise semblait l'avoir quitté en coulant au fond du lac avec le peu d'espoir qui lui restait. Avait-il signé leur arrêt de mort ? Avait-il scellé le destin de son ami en le forçant à se précipiter du sommet de cet à-pic avec lui. Peut-être aurait-il dû sauter tout seul. Mais le monstre aurait-il suivi ? *Cette… cette abjection créée des mains de Nyx…*

Un coup d'œil vers la falaise empira son sentiment de panique quand il aperçut vaguement la forme sombre de la chose en bas de l'à pic, à moitié dans l'eau et prenant ses marques pour avancer, lentement mais sûrement, vers eux. À cet instant, il pensa à Wren, à Fannie, à madame Egerton, à tous ses amis et les gens si chers à son cœur et il fut partagé entre la colère et la culpabilité. S'il mourait ici… Fannie… Elle ne s'en remettrait jamais. Il était tout ce qui lui restait. Le dernier de sa fratrie à être encore vivant, et… et il était là… et il allait mourir.

— Ian ! cria Ward.

Mais Ravinger n'eut pas le temps de réagir. Un mouvement sous l'eau l'emporta vers l'avant.

Il perdit Ward de vue pendant un instant et se sentit soulevé. Quand il chercha à battre des pieds et des jambes pour nager, il buta contre quelque chose de solide, froid et doux avec… des petites stries. C'est bien tout ce que Ravinger eut le temps de réaliser avant d'être projeté sur le côté, vers la plage où ils s'étaient initialement échoués. Il cria le nom de Digby, mais le bruit des flots soulevés et du grondement de la chose qui l'envoyait vers le rivage avait sûrement couvert son cri. Toutefois, dans la seconde qui suivit, le renard sembla emprunter la même trajectoire que lui et il l'entendit toucher l'eau non loin. Il ressortit la tête aussitôt.

Rassurés sur leurs sorts respectifs, ils se retournèrent immédiatement afin de comprendre ce qui s'était passé et évaluer la situation. Si c'était encore un coup de Nyx, ils étaient vraiment très mal. L'horrible bigfoot mécanique avançait vers eux, et la chose qui les avait envoyés valser les avait placés à sa merci. À la seule lueur de la lune et entre les bancs de brumes, il était difficile de déterminer ce qu'était cette chose exactement. Elle semblait former une grande masse noire et informe avec… une espèce de nageoire, peut-être ? Ravinger nagea dans la direction de Ward, tandis que le renard en faisait autant.

— Vous allez bien ? demandèrent-ils ensemble.

Et la question suffit à les tranquilliser. Ils tournèrent à nouveau des yeux inquiets vers la chose inconnue et le monstre et décidèrent de nager vers la plage sans perdre un instant. La rive opposée était bien trop loin et le lac n'était pas l'endroit le plus sécure à l'heure actuelle. Le seul espoir qui leur restait c'était de faire durer la course poursuite suffisamment pour laisser le temps à leurs amis de leur porter secours. Si toutefois c'était possible.

Mais Ravinger jeta le coup d'œil de trop, et le peu d'espoir qui avait pu lui rester disparut aussitôt. Le colossal robot laineux à la figure déformée sous la lumière de la lune avait suivi leurs mouvements et dévié sa course pour se diriger vers eux. Et il allait vite. Trop vite. Ils seraient sur eux en moins de temps qu'il ne fallait pour le dire.

Ils voulurent se retourner pour nager vers l'île, mais la forme gigantesque émergea soudain de l'eau juste devant eux. Ravinger sentit son sang se figer dans ses veines et son corps devenir comme inerte. Il ne ressentait plus ni le froid, ni même l'eau. Il voyait juste cette chose sombre et massive se dresser face à lui et déplier un cou immense que surplombait une tête qui paraissait minuscule sur une bête aussi colossale. Il avait anticipé le coup. Dans son esprit s'était formée cette vision du monstre fonçant vers eux pour les frapper de plein fouet ou les engloutir d'un mouvement de mâchoire, ou même… Mais quand le bruit mat du corps humide et lisse s'écrasant sur le métal recouvert de fourrure résonna sur l'eau houleuse du lac, Ravinger ne comprit pas de suite. Il rouvrit les yeux qu'il avait fermés dans un réflexe et chercha une ombre prête à le gober. Au lieu de cela il vit la lumière sur l'eau du lac, la forme noire de l'île, les étoiles dans le ciel et les vagues de brumes s'enroulant autour des deux monstres s'affrontant l'un l'autre dans un concert de grognements, de grincements sinistres et d'éclaboussures. Ce fut Ward qui réagit en premier et qui lui tira la manche pour l'amener vers l'île et l'inciter à se remettre à nager, mais le blaireau ne pouvait détacher ses yeux du spectacle surréaliste se déroulant sous ses yeux. Le bigfoot colossal reculait sous les assauts de la bête qui n'hésitait pas à plonger et porter des coups sous l'eau, déstabilisant la machine.

Ward le tira encore et malgré lui, Ravinger se remit à nager vers la plage de graviers tout en fixant le combat de titans. Quand il sentit des cailloux sous ses doigts et ses genoux, il se mit laborieusement debout, tremblant, grelottant et peinant à garder les jambes droites, mais toujours happé par la confrontation des deux géants. Le bigfoot mécanique grimpait à nouveau la falaise pour échapper aux assauts du monstre marin, mais quand il émergea au sommet, les jambes de la créature n'étaient plus qu'un amas de métal tordu, compacté et arraché par endroits. Les couinements et les grincements étaient insupportables et résonnaient dans la nuit comme des appels au secours. Appels pour lesquels Ravinger ne ressentait aucune pitié, aucune compassion. Il regardait le monstre mécanique se traîner sur l'herbe de la plus affligeante des façons tandis que la bête continuait de porter des coups avec sa tête et malgré quelques tentatives de roulades à gauche et à droite, la forme du robot démantelé finit par s'immobiliser.

— Répondez-moi enfin ! Vous allez bien ? cria la voix de Poppy en secouant Ravinger.

Ce dernier sursauta réalisant à peine qu'il n'était plus seul sur la plage et qu'une partie de leurs compagnons avaient accosté et se précipitaient vers Nyx pour l'empêcher de fuir à nouveau.

Le monstre marin avait arrêté de frapper et se tenait debout dans l'eau, le regard rivé vers la forme étendue et démembrée de son adversaire tandis qu'elle était encerclée par l'équipe qui venait de débarquer. La bête émit comme un couinement qui résonna au-dessus de toute l'île et sembla se tourner vers Ravinger. Il crut voir un hochement de tête avant de la voir replonger dans les eaux noires et désormais calmes du lac, le laissant soudain dans le doute, incertain de la réalité. Avait-il vraiment vu ce qu'il avait vu ? Peut-être était-il mort ? Peut-être était-il endormi et il rêvait ? Non, il avait froid. Et des gens lui parlaient.

— Ian ? Est-ce que ça va ? demanda Ward en se plaçant devant lui.

Ravinger sentit qu'on avait arrêté de le secouer et il fixa son ami en le saisissant brusquement par les épaules et en serrant du peu de forces qu'il lui restait.

— Oui. Oui. Ça va, articula-t-il. J'espère que Bambill n'a pas d'autres cousins à m'envoyer pour me rendre service !

Et il le serra dans ses bras en explosant de rire. *Bon sang, ils étaient vivants.*

Mon cher ami,

Les choses sont allées si vite hier soir que je voulais déjà m'excuser de m'être éclipsé si tôt avec l'immense majorité de mon équipe, mais je suis sûr que vous comprendrez l'importance d'agir avec une grande rapidité en ces circonstances.

Nyx a été transféré dans un endroit dont je ne connais moi-même pas la localisation et dont je suis convaincu de la sûreté. Je peux aussi vous assurer qu'il y sera traité comme le criminel qu'il est et que la vigilance sera maximale. L'énergie déployée pour empêcher sa capture est effectivement à l'image de la dangerosité du personnage.

J'ai demandé qu'un rapport régulier me soit fait et je ne manquerais pas de vous tenir au courant si nous rencontrions le moindre problème.

J'espère que votre voyage de retour sera plus agréable et détendu que votre voyage aller, et je vous laisse aux bons soins de Milton pour cela. Je sais qu'il fera de son mieux pour s'occuper de vous le temps de récupérer de votre aventure de la nuit. Prenez le temps qu'il vous faut. Il y a tout le nécessaire si vous pensez avoir besoin de plusieurs jours, n'ayez aucune crainte à ce sujet et nous veillerons à ce que vous rentriez à Londynia dans les meilleures conditions possibles. J'espère d'ailleurs que vous transmettrez mes amitiés à Madame Egerton. Et j'ai convaincu Milton de faire passer à votre collègue sa recette du Hoggvis, il sera le premier dans le secret !

J'aurais voulu avoir plus de temps à passer en votre compagnie, mais hélas, le monde est plein de Dr Nyx et la mission de guetteur est sans fin.

Au plaisir de vous revoir, mon ami, et soyez assuré que la Ménagerie ne décevra pas vos attentes.

Budli Nissesen

3ᵉ jour de la 2ᵉ semaine d'Ogronios

Contrairement à ce que j'avais pensé, Ian n'a posé aucune question. Tout ce qui a trait à Nyx semble le désintéresser. Non. Pas le désintéresser. Je crois plutôt qu'il veut tourner la page. Ou qu'il a besoin de temps pour gérer l'expérience de l'autre nuit. Elle a sûrement fait remonter beaucoup de souvenirs désagréables. Et je peux difficilement nier que nous avons fait face plusieurs fois à des situations extrêmement critiques. Je me demande toutefois s'il a conscience du rôle qu'il a réellement joué dans toute cette histoire. Je doute que nous ayons connu un tel succès sans lui. De toute façon, ce n'est pas un sujet que je risque d'aborder de sitôt. Il nous a fallu au moins deux jours pour nous remettre sur pied, et deux de plus pour être vraiment en condition de voyager pour rentrer au 881b. Madame Egerton a été extrêmement soulagée de connaître le dénouement de cette histoire, et a passé les jours qui ont suivi notre retour à remplir Ravinger de nourriture. Il ne s'est pas vraiment fait prier.

Les visites de Wren l'ont beaucoup aidé à reprendre le dessus... et peut-être que j'aurai préféré éviter qu'il sorte aussi soudainement de sa léthargie. Mais sans doute est-ce pour le mieux...

La décision est prise

— Madame Egerton ! Vous ne comptez pas emporter toute votre cuisine n'est-ce pas ? demanda Ravinger en vérifiant une dernière fois sa valise et en attrapant son chapeau.

— Je vous en prie ! Je sais que vous serez le premier à vous plaindre si la nourriture ne vous convient pas. Et que vous vous lamenterez en pensant aux crumpets, ou aux sablés ou aux tartelettes ou aux…

— D'accord, d'accord, j'ai saisi ! s'écria Ravinger en levant les mains en signe de reddition. Mais je vous préviens que je n'ai pas prévu de louer une cabine juste pour vos valises !

Wren émit un petit rire.

— Hi hi hi ! Mon cher, ne croyez-vous pas que vous exagérez ? Je trouve qu'une malle, aussi grosse soit-elle, est assez raisonnable pour le voyage que nous avons organisé. Et vous savez qu'elle n'a pas tort ! glissa-t-elle à voix basse avec un clin d'œil.

Ravinger lui coula un regard plein d'affection et suivit la rate descendre les escaliers en direction de la cuisine où la souris grise s'activait encore.

— Ward ! Cessez d'empiler des livres ! Vous êtes pire que notre logeuse ! Bon sang ! Est-ce donc si terrible pour vous de prendre des vacances ?

— Je suis étonné que vous posiez une question à laquelle vous savez que vous avez la réponse ! répliqua le renard en claquant la langue et jetant à nouveau un livre dans sa valise.

Ravinger souffla en se prenant le visage dans les mains.

— Je sais par expérience que le concept de repos vous est non seulement étranger, mais représente une pénibilité certaine. Mais s'il vous plaît, faites un effort ! Voilà des mois et des mois que nous ne cessons de courir et de frôler la mort, vous ne trouvez pas opportun de faire une pause ? De vous placer dans une situation où vous avez la conviction que personne n'essaiera de vous empoisonner ou de vous empailler dans la semaine qui suit ? De passer quelques jours au calme sans personne qui meurt, qui vole quelque chose ou qui disparaît ?

Mais au moment où Ravinger posa la question, il le regretta immédiatement.

Ward lui jeta un regard affligé et soupira comme si on venait de lui imposer la pire corvée qui soit.

— Non, se contenta-t-il de dire en lançant un nouveau livre dans la valise.

Ravinger grogna de frustration.

— Bien ! Dans ce cas, voyez-le comme un acte de pure bonté de votre part. Un geste d'amitié à mon égard. J'ai besoin de me changer les idées. Et j'ai besoin d'aller quelque part où je sais que personne ne voudra ni me tuer, ni me jeter en prison, ni rien d'autre d'aussi désagréable.

— Je suis sûr que tout se passera selon vos plans, lâcha Ward en fermant sa valise.

Ravinger leva un sourcil.

— Et vous… quels sont vos plans ? demanda le blaireau d'une voix incertaine.

— Je vais m'asseoir et voir combien de temps s'écoule avant que quelque chose n'arrive, répondit-il en enfilant son manteau.

LIRE L'HEURE
dans le royaume des fées

LE CALENDRIER
dans le royaume des fées

Ciallos ∝ Janvier
Giamonios ∝ Février
Simi Visonnios ∝ Mars
Equos ∝ Avril
Elembivios ∝ Mai
Aedrinios ∝ Juin
Cantlos ∝ Juillet
Samonios ∝ Août
Dumannios ∝ Septembre
Anagantios ∝ Octobre
Ogronios ∝ Novembre
Cutios ∝ Décembre

Le jeu des
RÉFÉRENCES

MIB
Référence trouvée
page n° :
Le livre
de la
jungle
Haggis
OBELIX
SONIC
DAKTARI
Disney
TSAR
Retour
vers le
futur
Le chien
des Baskerville

Lettre au
LECTEUR

Cher lecteur,

Tout d'abord merci. Merci de lire ce livre, ou en tout cas d'essayer !
L'écrire a été un plaisir, et j'espère que le lire le sera tout autant. On
a coutume de dire qu'un livre n'est rien sans un lecteur et c'est bien
vrai. Mais on laisse souvent penser que le lecteur n'a qu'un rôle très
passif à jouer dans le succès d'un livre. Laissez-moi vous dire à quel
point c'est faux.

Vous qui tenez ce livre, vous avez le pouvoir de faire qu'on en parle,
qu'on le lise, qu'on rêve grâce à lui et qu'on s'amuse. Oui, oui, vous.
Vous avez votre rôle à jouer.

La vie d'un auteur est rythmée, non seulement par l'écriture bien
sûr, mais par l'attente insoutenable des avis de lecture. Car c'est là
tout le secret de la vie d'un livre : votre avis. Alors si vous l'avez aimé,
parlez-en, postez votre avis sur les réseaux sociaux, les plateformes
dédiées... Soyez certain qu'un jour viendra, où Ravinger vous en
remerciera. Même si vous êtes un humain. Même si vous êtes un
enfant. Parce qu'au fond, vous aurez fait ça un peu pour lui, n'est-ce
pas ? Alors, merci pour lui.

Céline Badaroux

SOMMAIRE

SOMMAIRE

REMERCIEMENTS

Merci à Syndrôme Quickson pour sa bêta lecture.

Merci à la #TeamLicorne pour sa motivation, son implication et sa fidélité.

Merci à Nancy Peña, illustratrice de talent et amie de longue date. Timshel.

Merci à Bob et son grand ami : Jimmy Yolo, vers qui je me tourne quand je n'ai pas le moral. Merci à toute la #TeamLaitdeCoco pour leur humour improbable. Et aux twittos qui sont toujours là pour me changer les idées.

Merci à Bina, Rebecca, Vincent, Maria, Rémi, maman... Et Conan Doyle, *of course !*

Merci à tous les mangeurs de chocolatines. Un jour, nous vaincrons.

Et enfin, merci à toustes les lecteurices qui ont lu les tomes précédents et qui les ont aimés... ou pas.

Oh, et au fait : j'aime pas les elfes. Chocolatine for ever.

Pour en savoir plus sur Céline Badaroux
www.celinebadaroux.fr
Pour s'abonner à la newsletter,
utiliser le formulaire sur la page Contact

www.ingramcontent.com/pod-product-compliance
Lightning Source LLC
LaVergne TN
LVHW042106190726
843493LV00006B/1373